KB045323

도시로 간 처녀

도시로 간 처녀

김승옥 각본

스타북스

한국영화를 사랑하고 공부하는 이들에게
소중한 길라잡이가 되기를

그동안 서재에 묻혀 있던 김승옥 선생의 시나리오들이 이번 책 발간을 계기로 차례차례 빛을 보게 된다는 반가운 소식이 내게 들려왔다.

1960년대에 이른바 '감수성의 혁명'을 일으키며 혜성처럼 문단에 등장한 김승옥 선생은 주옥같은 여러 편의 소설을 발표하신 작가이기도 하지만 시사만화가, 수채화가로도 활약하셨던 분이다. 그런데 그에 못지않게 특히 영화계에 남긴 자취 또한 만만치 않았다.

1966년, 본인의 작품 「무진기행」을 각색한 영화 〈안개〉의 시나리오 집필을 필두로 1980년대 후반까지 1편의 감독과 15편

의 오리지널 시나리오와 각색 작품들을 남겼는데, 대부분의
영화들이 스토리 구성이나 전개, 그리고 전달하고자 하는 메
시지 선택이 지금 봐도 크게 감탄을 자아낸다.

특히 오리지널 시나리오인 김기영 감독의 〈충녀〉는 윤여정
배우가 최근 아카데미 여우주연상을 받으면서 다시금 회자되
기도 했고, 또한 오리지널 시나리오인 〈도시로 간 처녀〉는 당
시 심심찮게 거론되던 시내버스 여자 차장들의 대우와 인권
문제, 버스회사의 상습적인 횡포 등을 과감하게 고발함으로
써 '상영 중단-재편집-재상영'이라는 전례 없는 화제를 뿌리
기도 했다.

아무쪼록 이 시나리오 전집이 한국영화를 사랑하고 공부하는
이들에게 소중한 길라잡이가 되기를 희망한다.

영화감독 김한민

시대의 어두운 면을 들춰낸 영화

1981년 12월 개봉한 〈도시로 간 처녀〉는 2억원이라는 많은 제작비를 들여 약 6개월간 제작한 동시녹음 영화다. 처음에 영화진흥공사는 이 영화를 우수영화로 선정했고 대종상 작품상 후보에까지 올랐었다. 그러나 상영이 시작된 지 일주일 만에 한국노총에서는 이 영화가 전국자동차노조연맹과 이 연맹에 소속된 운전기사와 안내양 등 15만 명의 명예를 손상시키고 인권을 유린했다는 이유로 문화공보부에 영화의 상영중지를 요청했고, 200여명의 안내양들이 극장 앞에 모여 공개적인 항의를 했다.

안내양과 유부남 기사가 동거를 한다든지 안내양과 여자 감독이 삥땅한 돈으로 뒷거래를 하고, 삥땅을 하지 않는 안내양을 괴롭히고 겁탈하려는 악랄한 기사 등 당시 공공연한 비밀이었던 안내양 삥땅, 이를 적발하기 위한 인권유린적 몸수색 등 사회의 어두운 면을 소재로 한 영화였기에 관계자들의 반발은 있을 수밖에 없었다. 결국 상영을 중단하고 상당 부분을 삭제한 후 재심의와 관계자 합의를 거쳐 재상영하는 우여곡절을 거쳤다.

이제는 '안내양'이나 '삥땅'이라는 단어 자체를 어디에서도 들을 수 없을 만큼 시절이 좋아졌지만 그렇다고 이 영화에서 주인공 문희를 통해 말하고 있는 부조리, 불합리, 인권유린, 고용착취 등 80년대에 우리 사회가 안고 있던 고질적인 문제까지 없어졌다고 자신있게 말할 수 있을까.

김승옥

차례

이문희 (○○버스회사 안내양)

장영옥 (○○버스회사 안내양)

박성애 (○○버스회사 안내양)

광석 (문희의 애인)

김기사 (운전자, 영옥의 애인)

이승현 (대학생)

영주 (○○버스회사 안내양)

영애 (○○버스회사 안내양)

박총무 (○○버스회사의)

사장 (○○버스회사의)

이과장 (○○버스회사의)

분회장 (○○버스회사의)

부녀부장 (○○버스회사의)

유총무 (○○버스회사의)

최여사 (○○버스회사의 여감독)

병열 (광석의 친구)

두표 (광석의 친구)

인수 (광석의 친구)

차기사 (○○버스회사 기사)

우기사 (○○버스회사 기사)

씬 1 ─── 기차간 3등실 한 좌석 (밤)

타이틀. 빽─ 차에 흔들리며 갖가지 자세로 잠들어 있는 승객들과 창가에 홀로 눈 뜨고 있는 문희. 착한 시골처녀 인상이다. 무릎 위의 여행가방에서 삶은 계란을 꺼내 껍질을 까고 오물오물 얌전히 먹으며 지루한 듯 어두운 창밖을 본다.

씬 2 ─── 용산역 앞 광장 (새벽)

여행가방을 든 문희. 홈에서 나와 신기한 듯 둘러보며 광장을 가로 지른다.

씬 3 ─── 여차장 학원 앞 (새벽)

빌딩 밖에 걸린 학원 간판에서 훑어내려가면 간판을 올

려다 보고 있는 문희. 아직 셔터가 닫혀있는 문밖에서 기
다릴 자세로 앉는다.

씬 4 ──── 빌딩의 화장실 안 (낮)

들어온 문희. 문을 잠그고 치마 밑으로 팬티를 벗어 들고
팬티에 만들어 붙인 호주머니를 뜯으며 많지 않은 돈이
나온다. 그중 얼마를 따로 떼낸다.

씬 5 ──── 여차장 학원 사무실 (낮)

직원에게 돈을 내고 등록하는 문희.

씬 6 ——— 동. 강의실

칠판 앞에서 강의하고 있는 선생 그리고 열심히 듣고 있는 아가씨들 틈의 문희. 시선을 창밖으로 돌리면 부감되는 거리를 질주하는 버스들.

씬 7 ——— 서울 거리 이곳 저곳 (낮)

어지럽게 달리는 버스들의 몽타주. 이상의 화면에 주제음악과 자막이 모두 끝난다.

씬 8 ——— 종점 부근길 (아침)

달리는 버스. 정거장에 가까이와 속력을 줄인다.

영옥	(소리) 안 계세요? 안 계세요?

버스가 멎고 손님 몇 명이 내린다.

영옥	(소리) 빨리 빨리 내리세요. 다음은 종점입니다!

씬 9 ──── 동. 버스 안

문을 닫는 영옥. 버스가 출발하면 의자에 앉아 '그런거지 뭐'하는 유행가를 흥얼거리며 이 호주머니 저 호주머니 에서 차비로 받은 돈을 꺼내 세어 본다. 영옥 너머로 보이 는 손님은 성애와 문희 둘뿐, 성애는 영옥 근처에 문희는 맨 뒷좌석에 앉아있다. 둘 다 평복차림으로 서류가 든 봉 투를 들고 있다. 몹시 내성적인 성격의 성애의 시선에서 영옥 오백원짜리 다섯 장을 따로 떼어놓고 망설이다가 한 장을 도루 입금시킬 돈 쪽으로 돌려보내고 넉 장을 작 게 접어 가슴 안으로 감추며

영옥	(유행가를 흥얼거리며) 그러니까 미안 미안해!

보고 있던 성애. 영옥과 시선이 마주치자 알만하다는 듯 엉큼하게 씨익 웃으며 외면한다. 태연한 표정의

영옥 (다가와서) 차비!

성애에게 차비를 받고 뒷좌석의 문희 쪽으로— 문희, 미리 차비를 준비한다. 다가온 영옥에게 주고 나서

문희 저어 박 총무님이란 분 아직 계시겠죠? (서류봉투를 보이며) 소개장을 가지고 가는 길이거든요!

미소 짓는다.

영옥 무슨 소개장인데?

문희 여차장학원 선생님이 박 총무님을 찾아가면 채용해 줄 거라던데…

영옥 (픽 웃으며) 헛수고하셨군!

문희 (덕컥) 네? 그럼… 회사 그만두셨나요?

영옥 그게 아니구, 비싼 돈 주고 학원 같은 거 안 다녀도 차장 노릇은 얼마든지 할 수 있었다 그 말야!

문희 (안심하며) 저어… 이문희라구 해요. 채용되면 함

께 일하게 될 텐데 잘 좀 지도해 주세요!

영옥. 새삼스럽게 문희를 훑어보며 차비를 돌려주려 한다.

문희   (사양하며) 아녜요. 아직은 손님이잖아요!

차비를 도루 집어넣고

영옥   만일 채용 안 해주면 나한테 말해!

문희, 말이라도 고맙다는 듯 미소 짓는다.

씬 10 ── 종점

영옥의 버스가 멎고 내리는 성애와 문희, 이어서 영옥. 배차실의 아나운스멘트가 시끄럽다.

아나운스멘트 10호차 발차! 10호차 발차! 이가씨 빨리 발차해 주세요!

성애는 기다리고 있던 평복 차림의 안내양 영애와 반갑게 만나 뭔가 재잘거리며 사무실 쪽으로 향하고 영옥은 문희에게 사무실을 가리켜 보이고 입금시키기 위해서 달려간다. 문희의 눈에 신기하게 비치는 종점 특유의 풍경들.

씬 11 ── 회사 입금실 안

스페어 잔돈 2,500원 '정직한 일꾼들의 명랑한 회사'라는 표어가 붙어있는 계산대 앞에서 입금시킬 돈을 계산하는 영옥 창구 안에서 남녀 경리직원 둘과 감독석에서 여감독 최 여사가 지켜보고 있다 창구 안에 입금시키는

영옥   ○천 ○백 ○십원예요!

의심스러워 찌푸려지는 남 직원의 얼굴.

영옥   광화문에서 길이 막혀 재수 옴 붙었단 말예요! 시간 대느라고 제대로 서보지도 못했어요!

남직원 여감독에게 몸수색 하라고 눈짓한다.

여감독	미쓰 장! 이리 와봐!

영옥 태연히 여감독 최 여사 앞에 서서 몸수색을 당한다. 영옥의 머리털 속을 뒤져보고 다시 옷 위를 더듬어 내려가는 최 여사의 손이 돈이 감춰진 영옥의 가슴께에서 멈칫한다. 여기 숨겼구나 하는 듯 윙크해온 최 여사. 쉿! 하듯 윙크하는 영옥. 두 사람 사이엔 은밀한 약속이 있는 모양이다. 최 여사 몸수색을 계속 하는 체 하고 나서 경리 직원에게 없다고 고개를 젓는다. 아직 의심이 안 풀린 표정의 직원에게

영옥	김 부장님은 괜히 나만 가지고 그러지 말아요! 둘이서 살풀이를 하든지 뭘 하든지 해야겠어! 정말!

휙 나간다.

씬 12 ── 동. 총무부

음흉하게 생긴 박 총무가 성애의 서류를 심사하며

박총무	○○회사에서는 대우가 좋았을 텐데 왜 우리 회사로 오려구 하지?
영애	아이 말씀드렸잖아요! 얜 나 떨어져서는 못사는 친구라구요! 함께 일하게 해주세요!

박 총무의 손등을 슬그머니 꼬집는다.

박총무	(서류를 돌려주며) 분회에 가서 싸인 받아와!
영애	땡큐!
성애	감사합니다!

물러가면. 박 총무 앞으로 다가와 국민학생처럼 인사하고 소개장과 서류를 내미는

문희	이문희입니다. 추천서를 가지고 왔습니다.

소개장을 대강 뜯어보는 박 총무, 긴장하여 지켜보는 문희. 박 총무 대강 훑어보고 구겨서 휴지통에 버린다. 아찔하는 문희.

박총무	(서류를 체크하며) 주민등록표⋯ 건강진단서⋯ 이건 뭐야?

또 한 장의 서류를 꺼내 보인다.

문희   국민학교 때 성적증명서입니다.

박총무   이런 건 필요없어! (젖혀 놓으며) 필요하다면 중학
           교 졸업증명서인데?

문희   중학교는 2학년까지밖에 못 다녀서…

박총무   졸업증명서 같은 거 우리 안 봐요! 사람됨이 착
           실해야지! (날카롭게 관찰한다)

문희   (진실하게) 제 힘껏 열심히 하겠습니다,

           박 총무, 채용할 의사가 있을 듯 서류를 검토한다.

씬 13 ── 동. 노조 분회 사무실 밖

           전국 자동차노동조합 서울 시내버스지부. '○○분회'라
           는 간판이 붙어있는 도어 앞으로 다가온 성애와 영애.

성애   분회 총무는 눈치가 형사들 보다 빠르대. 진짜 촌

닭처럼 굴어야 돼. 허긴 뭐 널보구 여우 같다고
할 사람은 없겠지!

노크하고 얌전을 빼며 들어간다.

씬 14 ─── 동. 안

문희의 주민등록표를 보며

유총무   나하구 같은 고향이군?

긴장하고 있다가 깜짝 반가워하며

문희   어마! 정말이세요?

유총무   떠난 지가 오래 됐어! 면사무소 앞에 곰보영감은
잘 있나?

문희   그 거지할아버지 말씀이죠? 돌아가셨어요! 한 4
년 전에…

유총무	다른 직업을 구해 보지 그래? 안내양 노릇하기 고달프다구!
문희	고되다는 얘긴 들었어요! 그치만 떳떳한 직장여성이잖아요!
유총무	떳떳치 못한 일들을 많이 하니까 말야!
문희	전 정직하게 일하겠어요! 약속하겠습니다!
유총무	(싸인해주며) 착실히 일해야 돼!
문희	네 (환하게 웃는다)
유총무	처음 해보는 거니까 일주일 동안은 집에서 다니면서 견습만 해야 될 거야!

씬 15 ——— 달리는 버스 안 (낮)

차장 영애 옆에서 견습 중인 성애.

성애	노선 같은 거 하루면 충분히 익힐 텐데 견습을 사

홀씬이나 하다니…

영애   글쎄 분회 총무가 그렇게 이빨이 안 들어간다구!

성애   (걱정스럽게) 내가 하루라도 안 벌면 우리 식구는
        굶어야 한단 말야!

씬 16 ──── 다른 버스 안 (낮)

빈 자리가 많은데 서있는 문희에게

여차장   왜 앉지 않니? 자리가 많은데!

문희   서 있는 연습도 해야죠!

씬 17 ──── 다른 버스 안 (낮)

통근시간의 초만원 버스 안. 맨 뒷자리에 앉아 있는 성애

의 무릎에 고등학생 승현이의 책가방을 올려놓고 있다. 뭔가 몹시 수줍어져 상기된 표정의 성애 얼굴에서 훑어 내려가면 무릎이 승현의 무릎과 자꾸 부딪치고 있다. 훑어 올라가면 승현도 모른체 하려고 애쓴다. 신경이 쓰이는 듯 뒤에서 떠미는 사람들 때문에 꼼짝할 수도 없다. 부딪치는 무릎들. 수줍어 하고 있는 성애의 얼굴에

승현   (소리) 고맙습니다!

승현, 가방을 들고 사람틈을 빠져 나간다. 겨우 고개를 들고 바라보는 성애. 잠시 동안의 인연으로 승현에게 반해버린 표정이다. 차가 멎었다가 떠나면 성애 뒷창문을 통해 보이는 승현의 모습을 응시한다.

씬 18 ── 다른 버스 안

불량기가 있어 보이는 광석이 손님들에게 물건 선전을 유창하게 하고 있고 그 너머로 문희가 손잡이를 잡고 서 있다.

광석   번잡한 차중에 대단히 죄송합니다. 여성 여러분들께서는 잘 알고 계시겠습니다만 이번에 미국 듀발본포와 기술제휴를 맺고 시내 영등포구 구로동에 공장을 세운 백조화학공업주식회사에서 보사부 76호 허가를 받아 여러분께 첫선을 보이게 되는 피부연고 하나 소개하겠습니다. 물론 시내 유명약국에는 많은 피부연고들이 시판되고 있습니다만…

그동안 차 기사가 라디오의 스위치를 켜고 볼륨을 울리면 '거짓말이야 거짓말이야' 하는 유행가가 흘러나와 광석의 선전을 방해한다. 승객들 와 웃는다.

광석   (중단하라고 차기사에게) 에이 아저씨, 좀 봐주쇼.

문희도 킥 웃다가 화난 표정으로 차에서 내려 버리는 광석의 모습에 동정심이 끌어오른다.

씬 19 ── 다른 버스 안 다리 앞 버스정거장

안내양 유니폼을 입고 근무 중인

성애   다리 앞입니다! 내리실 분 앞으로 나오세요!

몇 사람이 앞으로 나온다. 성애의 여동생 성숙(15세)이 끼어있다. 차가 서고 손님들 내린다. 백원짜리를 내는 성숙에게

성애   (내리라고 밀며) 기다리세요!

두어 명의 손님이 마저 내린 다음에 밖에서 기다리는 성숙에게 거스름 돈을 주고 문을 닫고

성애   발차!

차 떠나고 성숙 거스름으로 받은 돈을 꼭 쥐고 종종걸음으로 목판에 신문과 주간지, 껌, 땅콩 등을 팔고 앉아있는 어머니 박 씨에게 다가간다.

성숙   엄마!

박씨   (남의 눈을 꺼리며) 받아 왔니?

성숙 주먹을 펴면 천 원짜리 석 장이 작게 접혀 있다. 받아서 펴보는 박씨의 눈에 눈물이 글썽인다.

성숙 언니가 불쌍해 죽겠어! 이 돈 빼낼 때 얼마나 가슴이 두근거릴까?

박씨 그래, 그러니까 우리 아껴서 살자꾸나!

씬 20 ──── 달리는 버스 안

성애 죄짓고 겁먹은 표정으로 슬그머니 운전사의 표정을 살핀다.

씬 21 ──── 문희의 셋방 안

문희 많지 않은 옷가지를 가방에 담고 있다.

주인 여자	(문을 열고) 기숙사로 들어간다지?
문희	네! 내일부터는 정식으로 버스 안내양예요!
주인여자	고생한 보람이 있었구면!
문희	그동안 너무 폐가 많았어요!
주인여자	원 그럴 리가… 가더라도 내 집처럼 알구 자주 놀러와요!
문희	네!

씬 22 ── 버스회사 총무부

벽에 붙어있는 안내양 일람표에 이문희의 이름이 쓰여지고 사진이 붙는다. 사진을 붙이고 돌아서는 박 총무에게

문희	고맙습니다! 열심히 일하겠습니다!
박총무	일당은 ○천○백원, 하루 걸러 한 번씩 차 타니까 한 달에 ○만○천○백원야!

문희   네!

박총무   더 벌고 싶으면 비번인 날도 차 타면 되지만 몸이 못 견딜 거야! 몸 아껴야 해! 여자는 몸이 생명이야!

문희   …

박총무   삥땅하지 말구!

문희   네! 맹세합니다!

그동안 옆에 서 있던 부녀부장에게

박총무   부녀부장 잘 지도해줘!

문희   (부녀부장에게) 언니 잘 부탁합니다!

부녀부장   기숙사로 갈까?

문희, 가방을 들고 부녀부장의 뒤를 따른다. 박 총무 문희의 뒷모습을 눈여겨 본다.

씬 23 ―― 기숙사 안 (밤)

아주 넓은 온돌방에 빽빽하게 안내양들이 앉아서 이쪽을
보고 있다.

사감   (문희를 소개하며) 점호하기 전에 새 친구를 소개하
        겠어요. (문희에게) 이름하구 나이…

문희   (인사하며) 이문희입니다! 스무살예요! 잘 지도해
        주세요!

        안내양들 박수로 환영한다.

사감   자기 자리로 가세요!

        문희, 영옥 바로 옆의 자리로 가고

사감   (부녀부장에게) 지금 차 타고 있는 애들은?

        그동안 출석부에 체크하고 있던 부녀부장 출석부를 주며

부녀부장 네, 여기 표시했어요!

사감   (점호하며) 점호시간에 참석 안 하는 사람이 요즘
        부쩍 많아졌어요! 애인하구 헤어지는 것도 싫겠

지만 내 사정도 좀 생각해줘야지!

까르르 웃는 안내양들.

사감 앞으로 외출 나갔다 늦으며 회사에 보고하겠어요! (점호하며) 오말자!

오말자 네!

사감 김미영!

미영 네!

사감 배 아픈거 좀 어때?

미영 끝났어요!

사감 으응! 그거였구만! 난 또 맹장염인 줄 알구…

까르르 웃는 안내양들.

사감 장영옥!

영옥 네!

사감 영옥인 큰일났어!

영옥 왜요?

사감	입금이 제일 적다고 회사에서 벼르고 있어요. 삥 땅을 해도 조금만 하라구!
영옥	(벌떡 일어서며) 오머머 제가 왜 삥땅을 해요? (친구들을 둘러보며) 나 삥땅한 거 본 사람 손들어!

아가씨들 까르르 웃는다.

씬 24 ——— 종점 (밤)

버스들이 빽빽이 서있고 텅빈 막차가 난폭하게 달려와 선다.

씬 25 ——— 버스 안 (밤)

차에서 내리려는 성애에게 운전석의 차 기사.

차기사 (신경질적으로) 미쓰 박!

성애 …?

차기사 이리 와봐!

성애 겁먹은 표정으로 다가온다.

차기사 너하구 일하면 왜 그리 재미가 없냐?

성애 (고개 숙이며) …

차기사 이번 탕에 입금시킬 돈 얼마야?

성애 6천 5백원 좀 넘어요!

차기사 아무리 막탕이지만 만 원은 넘었어! 이거 한번 세볼까!

운전석 앞에 수북히 쌓인 성냥개비 꺾은 것을 보인다.

성애 …?

차기사 넌 혼자서만 해먹는다는 소문 듣고 이걸로 손님 수를 세었어!

성애 (아찔하여)

차기사	자 이리와서 네 손으로 세봐!

성애 고개만 푹 숙이고 있다가 부시럭 부시럭 천원짜리 두장을 꺼내 놓는다.

차기사	집어치워! 내가 거지냐?

운전석에서 내려 숙소로 간다. 앞유리창을 통하여 보이는 차 기사를 주시하고 있는 성애 겁이 잔뜩 난다. 떨리는 손으로 성냥개비를 주워 담는다.

씬 26 ── 운전사 숙소 밖 (밤)

기타 소리가 들려온다. 차 기사 불쾌한 걸음으로 다가와 안으로

씬 27 ——— 동. 안 (밤)

김 기사가 심취하여 기타를 치고 있고 우 기사가 다른 동료와 바둑을 두고 있다. 들어서는 차.

차기사 안 자구 뭣들 해?

우기사 새벽에 한 탕만 뛰면 집에 가서 실컷 잘 텐데 뭘!

김 기사의 호주머니에서 담뱃갑을 꺼내 피우는 차 기사에게

김기사 (기타 치며) 넌 입만 가지고 다니냐?

차기사 아 그 미쓰 박이란 애 말야, 입 싹 닦잖아!

김기사 월급 가지고 살지 뭘 더 바라!

차기사 그 기집애 뜨거운 맛을 좀 보여 줘야겠어!

씬 28 ──── 기숙사 안 (밤)

여기서도 기타 소리가 아련히 들려온다. 거의 모두 잠들어 있고 문희는 고향에 편지를 쓰고 있다. 저쪽 구석에서는 서너명이 모여앉아 밤참을 먹고 있다. 성애가 지친 표정으로 들어와 윤희와 몇 명을 사이에 둔 자기 자리에 앉아 잘 준비를 한다.

문희 이제 와?

성애가 이부자리를 깔며 끄덕끄덕.

문희 피곤하지?

성애 끄덕끄덕.

문희 (망설이다가) 찬물에 발 씻으면 피곤이 좀 풀릴 텐데!

성애 귀찮다는 듯 고개를 젓는다. 머리맡의 화장케이스에서 아기들이 쓰는 가짜 젖꼭지를 꺼내 먼지를 손바닥으로 털어낸다.

문희 …그게 뭐야?

성애   젖꼭지!

         입에 쏙 물고 빨며 이불 속으로 들어간다.

문희   (미소) 왜 그런 걸 물고 자?

성애   (젖꼭지를 빼고) 난 이게 없으면 잠이 안 와! 어렸
         을 때부터 버릇인걸!

         다시 쏙 물고 눈을 감는다. 문희 미소 짓고 편지 쓰기를
         계속한다. 금방 끝내서 봉투에 담고 머리맡에 두고 새삼
         스럽게 잠든 동료들을 둘러본다. 갖가지 자세로 자고 있
         는 안내양들을 훑어가면 이불을 차버리고 자는 한 동료
         에게. 다가와 이불을 덮어주는 문희.

안내양   (소리) 빨리 빨리 내리세요! 빨리 내리세요! 발
         차!

         돌아보면 한 동료가 잠꼬대를 하고 있다. 웃음을 참는 문
         희의 눈에 다른 동료가 무서운 꿈이라도 꾸는지 손을 허
         우적대며 몸부림 친다. 총총히 다가와 허우적대는 손을
         꼬옥 잡아주며 흔들어 깨우는 문희. 다정하게 잡아주는
         손 덕분엔지 편안한 숨을 쉬며 조용히 잠잔다. 조용히 가
         슴에 손을 올려 놓아주고 자기 자리로 가는 문희의 착한
         모습을 보며 밤참을 먹고 있는

안내양1	착한 애 같애!
안내양2	그래! 오래 못 붙어 있겠다.

문희를 돌아봐가며 오징어 다리를 물어 뜯는다.

씬 29 ── 종점 (새벽)

엔진이 시동되는 요란한 폭음과 함께 검은 연기를 토해내는 버스의 마후라. 몇 번 흔들거리다가 흙을 박차며 전진하는 바퀴. 첫 버스가 빠져 나간다. 안내양이 달려와 두 번째 버스에 오른다. 기숙사 쪽에서 오는 유니폼 차림의 문희의 눈에 활기가 넘치는 새벽의 종점. 사무실로 들어간다.

씬 30 ──── 동. 사무실

들어와서 배차계 직원에게

문희   배차표 주세요!

직원   첫 탕 뛰는 거지? (배차표를 준다)

문희   네!

직원   축하! (건배하는 시늉한다)

웃으며 건배하는 시늉 따라하며

문희   고맙습니다!

직원   (벽보를 가리키며) 일 나가기 전에 저걸 꼭 봐줘!

문희 벽보판 앞으로 다가가 본다.
〈오늘의 주의 사항
1. 잡상인을 태우지 말 것
2. 비가 올지 모르니 좌석을 닦을 걸레를 준비할 것.〉

씬 31 ── 달리는 버스 안 (새벽)

승강구 옆에 서 있는 문희의 뒷모습 너머로 앞창을 통하여 떠오르는 아침 해가 아름답다. 햇살을 온 얼굴에 받으며 자랑스럽게 가만히 미소짓는 문희.

씬 32 ── 변두리 버스 정거장 (아침)

출근시간의 긴 행렬— 버스들이 속속 달려와 가득가득 싣고 떠난다. 문희도 손님들을 잔뜩 밀어 올리고 간신히 문을 닫으며. 발차.

씬 33 ── 달리는 버스 안

초만원이다. 승강구에서 손님들에게 밀려 간신히 서있

는 문희.

문희   (앞 손님들에게) 미안합니다. 출근시간이니까. 이해해 주세요!

씬 34 ── 다방 안 (낮)

껌을 씹으며 기다리고 있는 영옥. 누가 봐도 안내양이라고 생각할 수 없는 화려한 옷차림이다. 네 명의 손님을 데리고 다가온 레지.

레지   미안하지만 저쪽으로 좀 옮겨 주시겠어요?

신경질 나는 표정으로 자리를 옮겨 앉으며

영옥   아이 속상해! 왜 이렇게 늦지?

손목시계를 보는 영옥. 다섯 손톱에 모두 각각 다른 색깔의 매니큐어를 칠했다. 신경질 난 표정으로 발딱 일어나 입구의 메모 앞으로 가서 살펴본다.

영옥   !?

          장영옥 앞으로 메모가 있다. 빼서 펴 보면

소리(E)   우리 그만 만나자. 그동안 즐거웠어. 널 잊지 않
          을게 빠이… 김정식.

          분해서 일그러지는 영옥 얼굴. 이어서 눈물이 글썽인다.
          전화를 건다.

영옥   여보세요!

아주머니   (소리) 여보세요! 한남동입니다!

영옥   …정식씨 있어요?

아주머니   (소리) 누구시죠?

영옥   저어… 친군데요.

아주머니   (소리) 이봐요! 아가씨! 나 정식이 엄만데 남자집
          에 전화질이나 하는 아가씨 우린 반갑지 않다구.
          (찰칵 전화 끊어 버린다)

          힘없이 수화기를 놓는 영옥, 울음이 금방 터질 것 같다.

영옥   나쁜 자식! 어디서든 만나기만 하면 찢어버릴 거
         야 그냥!

씬 35 —— 극장 휴게실

입구에서 표를 내고 들어와 긴 의자에 앉는 영옥. 슬퍼 죽
겠다는 표정이다. 한 곳을 보고

영옥   …?

공처가 타입의 운전사 김 기사가 팝콘 봉지를 들고 한 개
씩 입에 던져 넣으며 어슬렁 어슬렁 휴게실 벽의 예고 선
전판을 보고 다닌다. 그 모습이 우스운 듯 킥 웃는

영옥   김 기사 아저씨!

김기사   (흠칫하며 슬그머니 돌아보고) 오오!

어슬렁어슬렁 다가온다.

영옥   뭐예요? 촌닭같이 이리 기웃 저리 기웃!

김기사	오늘 비번인가?
영옥	누구랑 왔어요!
김기사	혼자!
영옥	거짓말! 영화관에 혼자 오는 남자가 어디 있어요?
김기사	정말 혼자야! 비번인 날은 따분해! 미쓰 장은 누구하구?
영옥	나도 혼자예요! 속상한 일이 있으면 영화관에 와요!
김기사	속상한 일이라니 무슨?
영옥	바람 맞았어요! 일년이나 사귀던 녀석한테…
김기사	뭐 금방 또 좋은 남자가 나타나겠지!
영옥	하긴 그래요!

씬 36 ──── 갈비집

막 먹어대고 있는 영옥과 김 기사.

영옥   (종업원에게) 여기 2인분 더 줘요!

김기사   그만하지! 너무 과용하는거 아냐?

영옥   (술을 따라주며) 먹자고 돈 버는 건데요 뭐. 속상할
때 난 막 먹어야 뚫려요!

씬 37 ──── 거리

걸어와 길모퉁이에서 헤어지는 영옥과 김 기사.

김기사   이제 어디로 가나?

영옥   쑥탕에 가서 목욕이나 할래요!

김기사   쑥탕이면… 비싼 데지?

영옥   거기 가면 유명한 여자들 다 볼 수 있어요! 배우
랑 탈렌트랑… 바이 바이!

김기사   잘 먹었어!

영옥, 신호가 열린 건널목을 걸어간다. 김 기사 담배를
피우며 묘한 여자라는 듯 멀어지는 영옥을 본다.

씬 38 ── 시내버스 정거장

앞 버스에서 내려 지금 막 도착한 문희의 버스에 오르려
는 행상 광석.

문희   (알아보고 막으며) 안 돼요! 잡상인은…

다른 손님들을 태운다.

광석   왜 이래?

문희   회사 명령예요! 타지 마세요! 정말 미안해요!

광석	하! 나참! 야! 너 새로 와서 날 잘 모르는 모양인데…
문희	알아요! 연고장수 잖아요? 미안해요! 발차!

떠나는 버스 안에서 정말 미안하다는 듯 고개 숙이는 문희를 보며 어이없다는 듯 바라보고 다른 버스에 오른다. 그쪽 안내양은 광석을 알아보고 싱긋 웃는다.

씬 39 ——— 달리는 버스 안 (종점)

문희의 버스가 종점으로 들어서고 있다. 배차표를 집어들며

문희	(운전사에게) 휴식시간 17분은 너무한 것 같아요. 입금시키고 식사하고 나면…
운전사	변소 갈 시간도 없지!
문희	네, 그래요!

운전사   휴식 시간이 30분은 돼야 하는데 말야.

브레이크를 밟는다. 윤희 뛰어내려 입금실로 달린다.

씬 40 ──── 입금실 안

입금시키고 있는

문희   일만 구천 삼십원예요!

경리직원들 깜짝 놀란 듯 문희를 주시한다.

문희   (의심 받는줄 알고 당황해서) 정말예요!

직원   스페어 잔돈 2,500원을 안 뺀 거 아녜요?

문희   스페어 잔돈은 여기 따로 있잖아요!

직원들 서로 마주보며 싱긋 웃고

직원   됐어요! (정직한 입금에 어리둥절한 모양이다)

문희, 나오는데

최여사   잠깐!

멈칫 서는 문희, 다음 순간

문희   (강하게) 싫습니다!

최여사   (어이없어) …?

문희   전 정직하게 일하겠다고 총무부장님께 맹세했어요! 대신 몸 수색은 하지 말아주세요!

최여사   규칙이야!

문희   나쁜 규칙이에요!

최여사   오라, 총무부장님 빽을 믿고 그러는 모양인데. 그러니까 더 의심스러운데! 잔소리 말고 이리 와요!

직원   (안에서) 피하면 더 의심 받잖아!

문희 입술을 깨물며 수색당한다. 유난히 꼼꼼히 문희의 머리털 속 옷깃 등을 만져보는 최여사.

최여사   (달래듯) 나쁘게 생각하지 말아요! 다른 애들도

다 받는 거니까…

입술을 깨물며 나오는 문희. 더 참지 못하고 얼굴을 가리고 울며 뛰어간다. 그동안 '배차계 0호차 발차'라는 스피커 소리가 요란하다.

씬 41 ── 종점 식당 앞. 안

눈물을 닦으며 사무실 쪽으로 달려온 문희.
식당 안으로 뛰어들어가 많은 안내양과 운전사들 틈에 겨우 자리잡고 앉는다.

문희　　빨리 주세요. 7분밖에 시간 없어요.

주인　　(안에대고) 밥 한상! (다가와서) 못 보던 얼굴인데?
　　　　　(외상장부를 내밀며) 여기 이름 적어요!

문희 옆에서 밥먹고 있던 광석.

광석　　오늘이 첫날이래요!

그제야 광석을 알아보고

문희   (당황하여) 어머… 아깐 정말 미안했어요!

광석   버스 처음타는 애 같아서 봐준 거야. 그렇지 않았
             으면… 앞으론 조심해!

문희   …할 수 없어요 앞으로도… 회사 명령인데요.

광석   회사가 죽으라면 죽을 거야?

문희   회사가 왜 죽으라고 해요?

광석   글쎄 죽을 거냐구!

문희   …죽지는 않지만…

광석   그거봐! 넌 죽기 싫으면서 우리는 죽으라구!

문희   죽다니요?

광석   장사를 못하면 우린 굶어 죽잖아.

문희   … (밥을 먹기 시작한다)

광석, 문희의 손에서 외상장부를 잡아채 자기 이름난에
외상 표시 하나를 더 붙이고 그동안 다른 손님을 상대하
다가 다가온 주인에게 준다.

주인   이봐 광석이…

광석   알았어요! 월말에 한꺼번에 계산해요!

           나가며 슬쩍 문희의 머리에 손가락을 튕겨 알밤을 먹인
           다.

문희   아야! (몹시 아파 머리를 감싸고 겨우 돌아보면)

           밖으로 나간 광석이 다가오던 총무부의 이 과장과 뭔가
           얘기하며 시야에서 벗어난다.

스피커에서   25호차 발차해요! 25호차…!

           깜짝 놀라는 문희 식사를 중단하고 벌떡 일어나서

문희   (주인에게) 아저씨! (먹다 남긴 밥상을 가리키며) 이대
           로 놔둬요! 이따 와서 먹을 거예요!

           뛰어 나간다.

주인   (기가 막힌 표정) …

씬 42 ── 식당근처 으슥한 담 밑

담벽에 페인트로 가위가 크게 그려져 있고 '짤러'라는 경고가 쓰여져 있다. 이 과장과 광석 다가와서 은밀히 얘기한다

이과장 위에서 특별지시가 내렸어! 시내버스에 타는 잡상인은 각 회사 책임하에 완전 소탕하라구!

광석 언제는 하라구 해서 장사했나요 뭐! 그러다 말겠죠!

이과장 글쎄 시간이 지나면 어떨지. 하여튼 회사로서는 어쩔 수 없어!

광석 괜히 특별지시 어쩌구 겁주지 마세요. 지난 달에 담뱃값 안 드려서 그러시죠?

이과장 아 아니, 자네가 언제 몇푼이나 줬다구…?

광석 우리 쫓아내봤자 다른 노선 타는 애들이 몰려올 걸요! 우리 애들만큼 착한 애들이 없습니다! 경기 좀 풀리면 술 한잔 살게요!

이과장 회사에서 자네 패거리를 좋지 않게 보는 건 사실이야! 그리고 이번 만은 적당히 안 될걸. 나야 뭐

눈감아 주고 싶지만… 회사에서 인정할 만한 아이디어를 짜보라구. 내 말 농담으로 듣지 마!

씬 43 ─── 광석의 자취방 (밤)

광석 병열(행상), 두표(행상), 인수(가짜 고학생) 그리고 놀러온 안내양 영애(두표의 애인)가 갖가지 자세로 앉아 얘기하고 있다. 교복 차림으로 거울 앞에서 족집게로 턱 수염을 뽑고 있는 인수.

인수   이놈의 수염 때문에 가짜 고학생질도 금년 넘기면 못하겠어! (힘껏 뽑으며) 엥이! 엥이!

두표의 가슴에 기대어 사과를 깎고 있던 영애, 두표의 장난질에 깔깔댄다. 생각에 잠겨있던 광석.

광석   (버럭) 야 연애는 나가서 해! 총각들 약 올리는 거야 뭐야!

영애   (개의치 않고 좋은 생각이 난 듯) 참! 이런 거 어때요?

두표   서투른 꾀는 아예 꺼내지 마!

영애   들어봐! 내가 전에 있던 회사에 어떤 대학생이 와서 야간학교를 세웠걸랑!

광석   (펄쩍 좋아하며) 그거다! (두표에게) 야, 뽀뽀 한번 해줘라.

두표 영애의 뺨에 소리 나게 뽀뽀한다.

씬 44 ── 종점 부근 빈터

광석, 병열, 두표 등이 야간학교로 쓸 큰 텐트를 세우고 있다. 신문사 차가 달려와 멎고 기자와 카메라맨이 내린 다. 반갑게 달려나간

광석   형님 와 주셨군요?

기자   좋은 일 할 때는 언제든지 불러만 줘!

씬 45 ——— 종점부근 다방 앞

구두닦이들에게

인수 　　　내 꼴을 봐! 공부 안 하면 나처럼 된다니까.

턱수염을 뽑는 시늉을 한다. 깔깔대는 구두닦이들.

인수 　　　올 거지?

구두닦이들 　예!

인수 　　　안 오면 이 동네서 쫓아내버린다!

씬 46 ——— 버스회사 사무실

주간지에 난 광석의 사진과 기사를 보며

사장 　　　박 부장!

박총무 　　네!

사장   (주간지를 보이며) 이 근처 사는 모양인데…?

박총무   예!

이과장   (나서며) 지방대학을 다니다 말고 서울에 와서 가바이 짓을 하고 있죠!

사장   가바이…가 뭐야?

이과장   네, 버스 안에서 물건 파는…

사장   (주간지의 사진을 새삼스럽게 보고나서 박 총무에게) 얼마쯤 보내 줘. 학생들 공책이라도 사게!

박총무   알겠습니다!

이과장   저어…

사장   이런 청년들이 많아야 한다구!

          이과장 입을 다물어 버린다.

씬 47 ——— 기숙사 안

벌떡 일어나서 주간지의 광석에 관한 기사를 펴서 뻥 돌
려 보이며

영애　　애들아, 이거 좀 봐!

안내양1　어머, 변호사 아냐?

영애　　국어, 영어, 수학, 역사 공짜로 다 가르쳐준대!

　　　　　 귀가 번쩍 뜨이는 문희. 다가와 광석의 사진을 보고

문희　　(뜻밖이다) 어머 이 사람…

안내양2　물건 팔듯이 가르치면 재미있을 거야!

문희　　이 사람이 공부를… (믿을 수 없다)

영애　　이래 봬도 대학 중퇴래. 고등고시 봐서 변호사 될
　　　　　 거라는데?

안내양1　넌 어찌 그리 잘 아니?

안내양2　지 애인 친구잖아!

문희　　정말 영어랑 수학이랑 가르쳐 줄까?

영애   (주간지를 두들기며) 신문사가 거짓말 하겠니?

씬 48 ─── 천막학교 안 (밤)

구두닦이, 신문팔이 애들을 상대로 A, B, C, D를 가르치
고 있는 광석, 제법 선생님 같다. 영애, 문희 등 4, 5명의
안내양들이 입구에서 들어와 뒷자리에 앉는다.

광석   (신이 나서) 오, 피, 큐, 알…

씬 49 ─── 광석의 방안 (낮)

중학교 각 과목 참고서를 이것저것 뒤지며 교재 준비를
하고 있는 광석.

인수   홈런 쳤어. 사장이 금일봉을 다 하사하구… 당분

간 잡상인 소탕 어쩌구 끔찍한 소린 안 하겠지?

광석 (열중해서) …

인수 밥벌이 안 나갈 거야?

광석 웅! 저녁에 가르칠 거 좀 준비해 놓구… 사실은 나도 다 까먹어서 말야!

인수 그러다가 진짜 훈장 되는거 아냐?

광석 진짜라면 좋겠다!

인수 야, 야, 삶은 소대가리가 미소한다.

씬 50 ── 천막학교 밖 전경 (밤)

비가 오고 있다. 비닐 우산을 받고 바쁘게 다가간 문희 안으로

씬 51 ── 동. 안

우산을 접으며 들어선 문희

문희   …?

텅 빈 교실에 광석만이 외롭게 앉아서 소주를 마시고 있다가 술병을 슬그머니 치운다.

문희   오늘은 공부 안 해요?

광석   학생이 와야지!

문희   비가 오니까 아마…

광석   어저께는 비가 안 왔어도 아무도 안 왔잖아!

문희   (자기를 나무라는줄 알고) 어머… 전 비번날밖에 못 와요!

광석   문희 얘기가 아냐!

벌떡 일어나서 버팀기둥을 자빠뜨리며

광석   가서 친구들 보구 내일부터는 올 필요 없다구 그래.

문희	(안타까워) 선생님!

광석	빨리 나가, 천막 쓰러져!

문희 뒷걸음질로 나간다.

씬 52 ── 다시 밖

문희, 뛰어 나오면 천막이 내려 앉는다.

문희	선생님! 선생님!

천막 밑에서 꿈틀꿈틀 기어 나와서 비를 맞고 있는 천막을 허탈하게 바라보는 광석.

광석	(문희에게) 돈 좀 있니?

문희, 미안한 듯 미소하며 고개를 젓는다.

광석	제기랄, 한잔하고 싶은데…

문희   선생님 우산…!

광석   선생님이라구 하지마! 챙피해! 차에서 만나면 쫓
         아내지나 말아줘!

         멀어지는 광석의 뒷모습을 가여워 죽겠다는 듯 보고 있
         는 문희.

씬 53 ──── 변두리 길 (밤)

         건물이 별로 없다. 여기도 비가 오고 있다. 통금이 임박
         한 시간. 길가에 고장 난 버스 한 대가 서 있다. 비를 맞으
         며 달려온 영옥. 차에 오른다.

씬 54 ──── 동. 버스 안

         김 기사, 기름투성이가 되어 엔진을 고치고 있다.

영옥	아유 숨차! 가게들이 문을 닫아서 파출소까지 가서 전화했어요!
김기사	회사에서 뭐래?
영옥	차 세워두고 들어 오래요! 지금은 정비사들 일손이 부족하다구!
김기사	먼저 들어가! 내 힘으로 고쳐 가지고 끌고 가야겠어!
영옥	… (김기사 일하는 모습만 주시한다)
김기사	빨리 들어가서 입금시켜야 할 거 아냐? (시계를 보고) 15분만 있으면 통금이야!
영옥	택시 타면 10분이면 가요!
김기사	택시 잡기도 힘들 텐데!
영옥	내 걱정 말고 어서 고치세요!

기름 투성이로 열중해서 고치고 있는 김 기사의 모습 보고 있는 동안 슬그머니 감동되는

영옥	(혼잣말처럼) 남자는 열심히 일할 때가 제일 근사해 보인다더니 그 말이 맞나 봐!

김기사   (돌아보고) 여태 안 갔어? 어쩔려구 그래?

영옥   못 가면 말지 뭐! (팔짱을 끼고 으스스 한 듯) 뜨끈 뜨
끈한 온돌 방에나 갔음…

김 기사 맘이 약해진다.

씬 55 ──── 변두리 여관 전경 (밤)

빗줄기 속에 아련히 불을 밝힌 아크릴 여관 간판이 로맨
틱하다.

씬 56 ──── 여관방 안

이불 속의 영옥, 눈을 빛내면서 생각에 잠겨있다. 김 기
사 세수하고 들어온다.

영옥	나, 지금 무슨 생각했게요?
김기사	그걸 내가 어떻게 알아?
영옥	김 기사님하구 나하구 택시 사업하는 생각!
김기사	택시 사업?
영옥	택시는 내가 사구 김 기사님이 운전하구!
김기사	(가당찮다는듯) 힝!

자기 이불 속으로 들어가서

김기사	(슬그머니 돌아보며) 정말 괜찮겠어? 숙소에 안 들어가두?
영옥	사감한테 전화했어요! 고단하죠?
김기사	응!
영옥	주무세요.

머리맡에 늘어뜨려진 형광등의 스위치를 끈다.

| 김기사 | 지금 자면 못 일어날걸! 네시엔 나가야지! 우리 얘기나 하지! |

이불을 둘러 쓴채 접근해가며

영옥   애긴 싫어! 자장가 불러줘요! 난 숙소에서 기타
소리가 들리면 신나게 자요!

와락 껴안는 두 사람.

씬 57 ── 버스 안 (아침)

손님을 태우고 있는

성애   빨리 빨리 타세요!

다음 순간 굳어진다. 언젠가 무릎을 부딪치던 고교생 승
현이 오르다가 성애를 보고. 「아 차장이었구나?」 하는
표정. 성애, 부끄러운듯 웃는다. 무표정하게 안으로 들
어가 버리는 승현.

성애   (다음 손님에게) 빨리 빨리 타세요.

모기 소리만 해졌다.

씬 58 ─── 시내버스 정거장 버스 안 (낮)

버스가 달려와 문희가 문을 열고 내린다. 내릴 사람이 다
내리면 손님을 태운다. 아직도 태울 손님이 많은데

차기사   (빽) 빨리 문닫아!

         차를 앞으로 빼는 줄 알고

문희   (못탄 손님들에게) 앞으로 오세요!

         올라타고 문을 닫는다. 차는 그대로 출발해 버린다.

문희   (당황) …아저씨 탈 손님이 많아요!

차기사   (못 들은 체) …

         심술부리는 게 분명하다.

씬 59 ── 다른 버스 정거장 (낮)

문희의 버스가 와서 선다. 손님을 내리고 태우려는데

차기사   (소리) 문 닫아!

문희, 허겁지겁 올라타고 문을 닫는다.

씬 60 ── 달리는 버스 안

문희 울상으로 바라보는 차 기사의 뒷모습이 심술궂다.
결심하고 다가가서

문희   정차시간 3분으로 돼 있잖아요?

차기사   따지자는 거야?

문희   …

입술만 깨문다.

씬 61 ──── 입금실

의심스러운 표정으로 창구 밖의 문희에게

여직원   왜 이렇게 적어요?

문희   (울상으로) 탈 손님이 많은데도 기사님이 막 통과
해버리지 않아요!

남직원   기사가 누구야?

문희   (변명 해주며) 아녜요! 몸이 불편하셨던 가봐요!

의심스럽게 바라보는 직원들과 최 여사.

문희   삥땅한 거 아녜요! 믿어주세요!

씬 62 ──── 버스 안 (종점) (밤)

종점으로 들어와서 멎는 버스 안의 문희, 몹시 풀이 죽어
있다.

차기사	미스 리!
문희	네!

시선을 들고 보면 뜻밖에도 히죽 웃고 있는 차.

차기사	오늘 혼났지?
문희	(안도의 눈물이 핑돌며) 네!
차기사	내일 나 좀 만날까?
문희	정말 오늘 왜 그러셨어요? 입금시킬 때 혼났어요! 몸이 불편하셨어요?
차기사	내일 만나서 얘기해줄게!
문희	네…

씬 63 ── 다방 안

차 기사, 기다리고 있다가 다방 출입이 처음이라 어색하게 들어서는 문희에게 손을 들어 보인다. 문희의 촌스런

사복차림을 보며

차기사	좀 예쁘게 하구 나오지!
문희	(경계하며) …
차기사	나가지. (일어선다)
문희	어디로… 가는데요?
차기사	따라와 보면 알잖아!

씬 64 ——— 영화관 안

좌석에 나란히 앉아서 영화 보고 있는 문희와 차 기사. 문희, 우스운 장면인 듯 키드득 웃는다. 곁눈질하는 차 기사의 눈초리가 엉큼하다.

씬 65 —— 여관 근처길

식사하고 나오는 듯 이쑤시개를 쑤시며 어슬렁어슬렁 걸어오는 차 기사. 괜히 어깨를 비틀어가며 근육을 푸는 시늉을 한다.

문희   퍽 고단하시죠? 운전하시려면…?

차기사   응! 푹 좀 쉬었으면 좋겠어!

문희   (딱해 보인다는 듯) …

차기사   어디서 좀 쉬었다 갈까?

문희   그러세요!

차 기사 여관으로 쑥 들어간다. 당황하며 망설이는 문희에게

차기사   걱정 말구 들어와!

씬 66 ―― 여관방

한 구석에 무릎을 꿇고 앉아있는 문희에게 가죽잠바를 벗어주며

차기사　이것 좀 걸어줘!

문희, 다가와 잠바를 받아드는데 덮치는 차 기사.

문희　아부지!

울부짖으며 있는 힘을 다하여 피한다.

차기사　얌전히 말을 들어! 말 안 들으면 어저께처럼 알지?

문희　나쁜 사람! 나쁜 사람! 나쁜 사람!

마지막 힘을 다해 뿌리치고 뛰어 나간다.

씬 67 ——— 여관 복도

미친 듯 도망가는 문희.

씬 68 ——— 여관 앞길

신발을 두 손에 들고 뒤돌아 봐가며 미친 듯 달려오는 문희. 길모퉁이까지 와서 쓰러질 듯 담에 기대고 너무나 무서워 덜덜 떤다. 약간 정신이 난 듯 신발을 신고 다시 달려간다.

씬 69 ——— 버스 안

정차해 있는 버스 맨 뒷좌석에 고개를 푹 숙이고 덜덜 떨고 있는 문희. 아무리 떨지 않으려고 해도 자꾸만 떨린다.

안내양   (소리) 발차!

문희의 배경이 뒤로 흐른다.

광석   (소리) 어디 아퍼?

깜짝 놀라 고개를 드는 문희의 공포에 질린 얼굴.

광석   (미소 띠고) 떨고 있잖아?

문희, 공포가 안심으로, 다음 순간 설움으로 바뀌어 흑
운다.

광석   무슨 일이야! 나한테 말해!

문희   선생님!

몸을 떨며 운다.

씬 70 ──── 회사 사무실

사장, 총무부장 등을 상대로 필요 이상으로 설쳐대며 고함치고 있는 광석.

광석 그따위 썩어빠진 운전사는 당장 쫓아 내십시오! 강간미수로 고발돼야 합니다! 살아보겠다고 힘에 겨운 노동을 하고 있는 순결한 처녀들을 공갈과 협박으로 농락하는 그따위 운전사는 이 사회의 악입니다! 그런 사회악을 만일 이 회사가 보호한다면 이 회사도 없애버려야 합니다!

사장 이봐! 광석이라구 했지? 알았어! 알았다구! 우리도 그런 운전사는 가만두지 않기로 돼 있어!

광석 차제에 뿌리까지 뽑으십시오!

사장 알았다구! 나한테 맡기게! 고마워! 그런 기사가 가끔 있다는 얘긴 들었지만 그 동안은 증거가 없어서…

광석 증거요? 증거라면 앞으로 제가 모조리 갖다 바치겠습니다!

박총무 자 자 사장님께서 약속하셨으니까 그만 흥분하구… 응 그런데 미스 리 하구는 어떤 관계…?

광석   문희 말이죠? 내 제자잖아요!

박총무   제자?

광석   야간학교 말씀예요!

박 총무, 웃음을 참는다.

씬 71 ── 동. 회의실

회의중인 사장, 박 총무, 분회장, 분회 유 총무, 부녀회
장, 사감, 최 여사.

박총무   이런 경우 과거의 예를 보면 물의를 일으킨 당사
자들은 모두 해고하기로 돼 있습니다!

유총무   말씀이라구 합니까? 이문희 양은 어디까지나 피
해자입니다! 연애사건으로 회사의 풍기를 문란
시킨 과거의 사건들과는 다르게 취급해야 합니

다!

부녀부장 아까 문희 양이 저한테 그러데요. 창피해서 회사
그만 두고 싶다구…

그래선 안 된다는 듯 고개를 젓는 사장.

부녀회장 그래서 제가 말렸습니다! 네가 창피할 것은 하나
도 없다구요!

사장, 고개를 끄덕끄덕.

유총무 (사장의 비위를 맞추며) 과연 이문희 양은 모범 안내
양입니다. 이달의 입금실적이 상위권에 들어 있
어서 표창하기로 돼 있습니다!

분회장 한 사람의 악덕 운전사가 수많은 운전사들의 얼
굴에 먹칠을 합니다! 차 기사는 해고하고 이문희
양은 본인의 의사에 맡기는 걸로 결정합시다!

사장 좋습니까?

일동 예!

씬 72 —— 분회 사무실

차 기사를 복판에 세워놓고 빙 둘러 싸고 있는 운전사들.
한 사람 한 사람씩 나와서 차 기사의 뺨을 때린다. 어떤
사람은 세게… 어떤 사람은 가볍게.

유총무   이 중에는 저 차용진이와 다를 바 없는 기사도 있
        을 거요! 그런 사람은 이번 기회에 악덕을 깨끗
        이 청산하시오!

        김 기사의 차례가 되어 차 기사의 뺨을 살그머니 때리며

김기사   미안해!

차기사   (악에 바친 눈을 치켜 뜨며) 흥!

씬 73 —— 기숙사 안 (밤)

5명의 안내양들이 표창받고 있다. 문희도 끼어있다. 그
너머로 모든 안내양들이 기립해 있다. 표창하는

사장　　위 사람은 정직하고 성실하게 일하여 회사의 발
　　　　　전에 기여한 바 크므로 이달의 모범안내양으로
　　　　　표창함.

　　　　　금일봉과 표창장을 준다.

박총무　　(크게) 부상은 상금 2만원씩입니다.

　　　　　웃으며 박수치는 안내양들.

씬 74 ──── 동. 안

　　　　　이불속에 엎드려서 오징어를 먹으며 옆자리의 문희에게

영옥　　쳇! 겨우 2만원 가지구 우릴 꼬실려구!

　　　　　잔기침을 하며 월급을 계산해 보고 있는 문희에게

영옥　　못해도 열흘에 2만원야! 한달이면 6만원 간단하
　　　　　다구! 여감독한테 상납해도 월급 3만원 합치면 7

만원에서 10만원 사이로 왔다 갔다. (손가락을 까딱대며 약올린다)

문희 말하자면 도둑질인데 겁나지도 않니? 정직하게 갖다 바치고 대신 우리 월급을 좀 올려달라는게 맘도 편하고 좋잖아!

영옥 (가당찮다는 듯) 월급을 올려줘? 누가? 제 실속 지가 알아서 차리는 게 장땡이라구!

문희 난 맘 편한게 더 좋아!

영옥 그래애! 그래서 맘 편하게 월급 계산해 보니 어떠니?

문희 (쓰게 웃으며) 식당에 밥값 제하구 이것 저것 빼고 나니까 저축은 2천원밖에 못하겠어! 속옷 한 벌 사 입으려 했더니 안 되겠어!

영옥 상금 2만원 있잖아!

문희 그건 집에 보내야지!

영옥 효녀로구나! 좋겠다! 돈 부칠 고향집이 있으니…

문희 넌… 부모가 안 계시니?

영옥 난 돈 부쳐줘 봤댔자 아버지하구 의붓어머니하고 술 다 마셔버릴걸 뭐!

다가온 성애 슬그머니 문희에게 작은 선물을 준다.

문희　　…이게 뭐니?

성애　　선물! (미소하며 제 자리로 간다)

영옥 가웃거리는 가운데 포장을 뜯어보면 사기로 만든 강아지 인형 한 쌍과 쪽지편지가 들어있다.

편지　　(인서트) 그 나쁜 운전사를 쫓아 내줘서 고맙다!

문희　　…?

성애를 본다. 가짜 젖꼭지를 입에 물고 누워서 이불을 뒤집어 쓰는 성애. 기타 소리가 멀리서 들려온다. 김 기사를 생각하며 흐뭇한 미소짓는 영옥.

영옥　　(강아지 인형을 귀여워서 보고있는 문희에게) 난 돈 모아서 택시 살 거다!

꿈꾸듯 미소한다.

씬 75 ──── 종점 부근길 버스 정거장 (낮)

버스가 와서 서고 손님 두어 명이 내린다.

씬 76 ──── 동. 버스 안

텅빈 버스 안. 영옥 승강구의 문을 닫자마자 운전석의 김 기사에게 다가가 실짝 뽀뽀한다. 김 기사 운전석에서 나와 영옥을 앉힌다. 영옥 김 기사의 가르침을 받으며 서투르게 차를 출발시킨다. 운전교습 중이다.

씬 77 ──── 동. 길

지그재그로 위태위태하게 달려가는 버스의 뒷모습 멀어진다.

씬 78 ──── 버스 안 (시내)

승강구에 서있는 성애. 수줍은 듯 고개를 숙인 채 눈만 살
그머니 치켜 떠 본다. 승현 카드의 단어를 외고 있다. 성
애 뜨거운 한숨을 안타깝게 쉬고 다시 승현을 눈물이 글
썽해서 응시한다. 짝사랑이 병적이다.

씬 79 ──── 종점 식당 안 (낮)

몇 명의 안내양들이 주인여자에게 월말 계산하고 있고,
한쪽에서 주인 사내가 밥 먹고 있는 광석과 인수에게 해
대고 있다. 들어오던 문희, 애가 타는 표정으로 광석의
뒤에서 지켜본다.

주인   벼룩이도 낯짝이 있어! 그만큼 봐줬으면 다문 반
       이라도 계산해 주고 밥을 먹어얄 거 아냐!

인수   내일은 틀림없다니까요!

주인   맨날 내일이야. 우린 뭐 흙 퍼다가 밥 짓는 줄 알

아?!

광석   아따 이거나 먹고 나면 야단치슈!

주인   질기기는 우라질… 아 언제 밥값 계산할 거야?

광석   내일 드린다잖아요! 빤스를 팔아서라도 갖다 드린다면 드려요!

문희   저어…

광석   (돌아보고)！

문희   (미안한 듯 미소 짓고) 오늘은 돈이 좀 있는데요. 밥값이 얼마나 되는지…?

광석   그만둬!

문희   죄송하지만 제가 얼마라도 내게 해주세요!

광석   … (밥만 먹는다)

인수   뭐 성의니까 조그만 내슈! 우리 내일 돈 생기니까!

고개를 끄덕여 가며 인심 쓴다. 광석의 눈초리가 야릇하게 빛나며 문희를 엿본다.

씬 80 —— 변두리 방죽 (낮)

문희, 팔목시계를 보며 지루하게 기다리고 있다.

씬 81 —— 당구장 (낮)

당구 치고 있는 광석과 인수.

인수   (벽시계를 보고나서) 3시 약속이잖아?

광석   기다릴 거야! 착한 애니까!

인수   애는 안 생기도록!

딱 공을 친다.

씬 82 ──── 다시 방죽

문희 돌아보고 반갑게 일어난다. 풀이 죽은 표정으로 다가와 펄썩 앉으며 멀리 시선을 보내는 광석. 우울한 체 하고 있는 것이다.

문희   (괜히 당황해지며) 저어… 불쾌하게 생각하지 말아 주세요. 제가 밥값 낸 거…

광석   그 때문이 아냐! 사실은 데이트 자금을 구하려고 여기저기 쫓아 다녔는데 의리없는 자식들이…

문희   저어… (돈이 약간 든 봉투를 꺼내며) 여기… 조금 남았는데요!

광석   그만둬!

문희   제 상금 받은 거예요. 생각지 않던 돈예요. 아까 밥값 만오천원 내구… 가지고 계세요!

살그머니 광석의 손에 쥐어준다.

광석   (남자답게) 오케이! 빌린 거야! 가자!

씬 83 ——— 뚝섬 앞 강

자갈 채취선의 긴 행렬이 강 위를 달리고 있다. 배 위의 문희와 광석. 광석, 청산유수로 읊어대며 이 호주머니 저 호주머니에서 물건을 꺼내 손가락 사이사이에 끼워 부채꼴로 펴 보이며 선전하는 시늉하며 문희를 웃긴다. 문희 빵 과일과 음료수가 든 봉지를 안고 있다. 빵과 음료수를 먹으며 걸어오고 있는 문희와 광석.

광석   애인 있어? (문희 얼굴을 붉히며 고개를 젓는다.)

광석   어떤 남자가 좋아? 공부 많이 하고 똑똑하고 부잣집 아들이고 미남이고 그런 남자겠지?

문희   아직 남자는 생각해본 적 없어요!

광석   생각 안 해본 게 좋은 건 아니라구! 세상은 어차피 남자와 여자로 이루어져 있거든! 저 강물 속의 붕어는 항상 낚시에 걸릴 걸 생각하고 있어야 해!

문희   우리 다른 얘기해요!

광석   왜 버스 안내양을 지원했지?

문희   돈을 많이 번다구 해서요! 그치만 헛소문이었어요! 나쁜 짓을 하면 많이 벌겠지만…

광석	삥땅 안 하나?
문희	안 해요!
광석	별 볼 일 없군!
문희	네?
광석	아냐!
문희	왜 버스에서 물건을 파는 직업을 하고 있어요? 대학까지 다니셨다면서 좀 더 좋은 직장이 많을 탄데요…
광석	지방대학 일학년 좀 다니다가 관뒀어!
문희	왜 그만 뒀어요?
광석	가만 계산해 보니까 학교에 낼 등록금으로 장사를 하는 게 차라리 났겠더라구! 돈 벌어야지 돈!
문희	버스에서 물건 팔면 돈 많이 버나요?
광석	많이 벌면 밥값 외상 지겠어? 장사의 경험이나 쌓는 거지 뭐!
문희	저어… 10년 후에 어떤 사람이 돼 있고 싶어요?
광석	10년 후에…라… 재벌, 돈 많은 재벌…

문희	무얼 해서요?
광석	무얼 해서? 글쎄 뭘 할까?…
문희	아무 계획도 없으세요?
광석	지금 재벌이란 사람들이 뭐 처음부터 재벌이었나? 운이 좋아서…
문희	그래도 그 사람들 계획이 없지는 않았을 거예요.
광석	다 운이라구. 때를 잘 만나면 나도 한몫 잡게 돼! 그래 문흰 무슨 계획이 있어?
문희	제가 두부를 잘 만들어요!
광석	두부?
문희	네! 아버지가 두부 공장 하다가 돌아가셨어요! 어렸을 때부터 봐서 두부 만드는 건 자신 있어요! 저축 좀 하면 두부 공장 내고 싶어요!
광석	호… 그럼 나도 두부장수나 할까?(선전원 시늉하며) 번잡한 차중에 잠깐 실례 말씀 올리겠습니다. 두부라면 일상용품으로서 시중에 얼마든지 있겠습니다만 금번 미국 듀퐁회사와 기술 제휴하고 영등포에 공장을 세운 이문희 두부공장에서 만

든 이 두부로 말씀드리자면 양잿물 50프로에 청산가리 1프로를 살짝 섞어…

문희 깔깔대며 광석의 등을 친다.

씬 84 ——— 강변 고급 아파트 촌

신기한 듯 둘러보며 오는 문희와 광석. 자전거를 타며 놀고 있는 어린이들이 모두 단정하고 예쁘다.

문희   아이들이 모두 깨끗하고 예뻐요!

광석   잘 먹이고 잘 입히면 다 그렇게 보인다구! 그러니까 돈 벌어야 돼!

문희   이런 데서 살고 싶어요!

광석   이런 건 아무것도 아냐! 내가 재벌만 되면 문희는 금으로 지붕을 씌운 집에서!

문희   (싫지는 않은 듯 웃으며) 어머 선생님이 재벌 되시는데 제가 왜…?

광석   그땐 문희가 내 아내가 돼 있을 테니까!

문희 얼굴을 붉히고 웃으며 광석을 때린다

광석   제발 나보구 선생님이라구 하지마! 정 떨어져!

굴러온 볼을 달려가 힘껏 차주고 돌아서는 광석의 눈에 길 옆에 서 있는 빈 자가용 차의 좌석에 고급 라이터가 떨어져 있다. 문을 열어본다. 열린다. 광석 라이터를 슬쩍 포켓에 집어 넣고 다가온다.

문희   (두려워지며) 뭐예요?

광석   뭐가?

문희   주머니에 넣으신 거!

광석   (할수없이) 으응! 라이터가 못쓰게 돼 버렸나봐! (꺼내보이며) 돈 많은 녀석들 고치면 쓸 수 있는 물건을 말야…

기가 막힌 문희 응시하다가

문희   (손을 내밀며) 좀 봐요!

받아서 켜본다. 켜진다.

광석   어어 켜지네?

문희 뛰어가서 문을 열고 자동차 속에 던진다.

사내   (소리) 이봐, 당신들 뭐야?

돌아보면 아파트에서 짐을 들고 나오는 운전사가 소리치며 달려온다.

광석   뛰어!

문희와 광석 도망친다.

씬 85 ──── 한강 인도교 입구 고가도로 밑

걸어 오며 환멸을 느끼고 있는 문희에게

광석   난 진짜 버린 물건인 줄 알았단 말야!

문희	…

광석	(체념하고) … (자포자기적으로) 그래, 난 그런 놈이야! 내가 뭐 공자님인 줄 알았어?

문희	그렇지만 도둑질까지… (얼굴을 가리고 울며) 난 선생님을 좋아했는데…

뛰어간다.

광석	문희 문희!

쫓아가서 가로막고 싹싹 밀며

광석	문희 잘못했어! 정말 잘못했어! 용서해줘, 응! 용서해줘! 응! 절할까? 나 절한다! 행인들을 개의치 않고 길바닥에 엎드려 넙죽넙죽 절한다.

문희	(창피해서) 그만 두세요. 정말!

광석	용서해줘야 그만 두지!

문희	(할 수 없이) 용서할게요!

광석	(일어나서) 문희가 날 좋아해주면 나 앞으로 진짜 나쁜 짓 안 할게!

문희 응시한다. 사팔뜨기를 만들어 보이는 광석. 킥 웃는
문희.

씬 86 ── 여관방 안

문희 경계하는 표정으로 무릎 꿇고 앉아 있고 광석은 누
워있다.

문희   서울에는 쉴 장소가 이런 데밖에 없나 보죠? 지
         난번 그 운전사 아저씨도…

광석   (벌컥) 날 그 친구하고 똑같이 취급하는 거야?

문희   아녜요! 서울엔 여관이 왜 그리 많은가 했더니 쉴
         장소가 없어서 그런 줄 이젠 알겠다는 거예요!

광석   난 문희한테 손가락 하나 까딱 안 해!

문희   믿고 있어요! 그러니까 따라온 거죠!

광석   한 시간만 잘 테니 깨워줘! 피곤할 텐데 편히 앉
         으라구!

문희   (시계를 보며) 괜찮아요! 어서 주무세요! 전 이거
             나 보고 있겠어요!

방구석에 있는 낡은 주간지를 본다.

씬 87 ─── 한강인도교에서 본 서쪽 하늘

해가 지고 있다.

씬 88 ─── 다시 여관방

어두운 실내. 광석은 코를 골고 문희는 창문으로 들어오
는 희미한 빛에 비춰가며 주간지를 읽고 있다. 거울에 비
친 문희의 모습을 살그머니 눈 뜨고 보며 계속 코 고는 시
늉하는 광석. 문희가 자기를 보는 것 같으니 얼른 눈을 감
는다. 문희 더 이상 글자가 안 보여 독서를 포기하고 쓰린

눈을 비비는데 답답한 숨소리를 내며 광석이 가위에 눌린듯 손을 내저으며 안간힘을 쓰고 있다.

광석 　　잘못했어… 잘못했어… 용서해줘!

딱해서 울상이 되어 보고 있던 문희. 깨우려고 다가가다가 문득 보면 거울 속의 광석 눈 뜨고 쇼 하다가 얼른 눈을 감는다. 어이 없어지는 문희.

문희 　　왜 그런 짓을 하세요?

광석 　　(더 이상 쇼를 못하고 부스스 이쪽으로 돌아 눕는다)

문희 　　제가 동정해주기를 바라세요, 존경해주기를 바라세요?

광석, 사팔뜨기 눈을 해보인다. 오히려 역겨워지는 문희, 조용히 일어서서

문희 　　제가 잘못 봤나봐요! 먼저 가겠어요!

후다닥 문을 열고 나간다.

광석 　　문희, 문희야! 이봐!

우당탕 뛰어가는 소리가 멀어진다. 부스스 일어나서 거울 속의 자기 얼굴과 눈씨름 하는 광석.

광석   (여자 음성으로) 정말 왜 그런 짓을 하세요?

거울 속의 자기 얼굴에 침을 뱉는다.

씬 89 ──── 텔레비전 방송국 쇼 스튜디오

김 기사의 기타 반주로 영옥 과장된 제스처를 하며 노래하고 있다. 그 너머로 '직장대항 노래자랑대회'라는 현수막이 보인다.

씬 90 ──── 기숙사 안

김 기사와 영옥이 출연하고 있는 텔레비전 수상기 앞에

겹겹이 모여있는 안내양들. 노래가 끝나고

사회자　　두 분이 모두 직업을 잘못 택하신 것 같습니다.

흥분해서 깔깔대며 김 기사의 팔장을 다정하게 끼는 영옥.

안내양들　오머머! 저 기집애! 과했어! 팔짱을 막 끼구…

안내양1　팔장 끼는 게… 어때서?

사회자　　좋습니다! 직장의 애창곡, 부탁합니다!

영옥　　　(정면으로 보며) 지금 텔레비전을 보고 계시는 ○○
　　　　　시내 버스회사의 동료 여러분 다 함께 불러주세
　　　　　요!

안내양들 환호성 울린다. 김 기사의 기타 반주에 맞춰 노래하는 영옥. 텔레비를 보며 박수로 박자를 맞추며 합창하는 안내양들. 꺼안고 스텝을 밟는 아가씨들도 있고 목에 핏대를 세워가며 열심히 부르는게 코믹하게 보이는 아가씨도 있고 괜히 감격하여 눈물을 글썽이며 노래하는 아가씨도 있다. 직장의 즐거운 한때다.

씬 91 ──── 달리는 버스 안 (아침)

사복차림으로 앉아있는 성애에게

안내양　　아침 일찍 어디 가니?

성애　　　응! 약속이 있어서…

안내양　　좋아하는 사람?

성애 배시시 웃는다.

씬 92 ──── 버스 정거장 (아침)

승현이 항상 차에 타던 정거장이다. 달려와 멎는 버스에서 내리는 성애. 누군가 기다린다. 이 시간의 손님들은 주로 학생들이다. 한곳을 보고 수줍게 밝아지는 성애의 얼굴. 승현이 등교 차림으로 걸어와 버스를 기다린다. 승현이 봐줄 때까지 기다리며 저 혼자 부끄러운 성애의 얼굴이 짝사랑에 불탄다. 승현, 성애의 시선을 느끼고 돌아

본다.

성애   (모기 소리로) 안녕하세요?

승현 알아보고 짧은 미소로 답례하고 외면한다. 도착한
차에 오른다. 몇 사람을 사이에 두고 쫓아 오르는 성애.
문이 닫히고 출발한다.

씬 93 ── 달리는 버스 안

몇 사람을 사이에 두고 나란히 서 있는 승현과 성애의 시
선이 가끔 부딪치나 그때마다 승현은 외면한다.

씬 94 ── 학교 앞 버스 정거장

차에서 내리는 승현과 학생들. 맨 뒤에 내린 성애. 남녀

학생들의 인파 사이로 섞이는 승현을 언제까지나 보고 있다. 승현이 뭐라고 했는지 그의 친구들이 돌아보며 낄 낄거리며 멀어진다.

씬 95 ──── 시내버스 정거장

버스에서 내려 그 뒤 버스에 타려는 행상 광석 훔칠한다. 문희의 차다. 착잡하게 부딪치는 두 사람의 시선. 광석 그 다음 차로 가버린다. 착잡하게 광석의 뒷모습을 주시 하는 문희. 손님을 다 태우고 차체를 두드려 발차 신호 한 다는 게 지나가는 사람의 머리를 두드리게 된다.

씬 96 ──── 기숙사 밖

세탁소 사람이 오토바이에 실은 광주리에 안내양들의 세 탁물을 수집하고 있다. 팬티, 스타킹 등 간단하게 자기 손으로 빨수 있는 세탁물도 보인다. 지나가다가 보게 되는 문희.

문희   …!

오토바이가 떠난 후 세탁물을 거둬준 여사감에게

문희   저어 사감아줌마! (망설인다)

사감   왜? 무슨 부탁 있어?

문희   빨래 말예요. 간단한 거 비번날 제가 맡아할 수
           없을까요? 세탁소에 맡기기에 창피한 속옷도 많
           을 텐데…

사감   그러게 말야! 여자애들이 게을러서 큰일야! 자기
           손으로 빨아 입어도 될 걸 다 맡기구!

문희   (매달리며) 세탁물에서 얼마는 저한테 맡겨주세요!

사감   몇 푼 생기지도 않을 텐데…?

문희   조금 생겨도 괜찮아요! 비번날 놀면 뭘 해요!

사감   애들한테 물어보지!

문희   부탁할게요!

씬 97 ── 수돗가

내의, 팬티, 스타킹 등을 잔뜩 쌓아놓고 빨래하고 있는
문희. 팔목이 시린지 주무르기도 하며 빨래감을 가지고
다가온 외출 차림의 영주.

영주　　고생도 팔자다! 뻥땅 좀 하면 이런 고생 안 해도
　　　　될걸! 애들이 널 보구 뭐라는지 아니?

문희　　…?

영주　　기생이래!

문희　　기생?

영주　　회사 비위 맞추느라 아양 떤다구!

문희　　(이를 악물며) 뭐래도 좋아! 난 맘 편하게 살고 싶어!

영주　　(한숨을 쉬며 나란히 앉아서) 사실 가슴이 두근거려서
　　　　심장병만 생길 뿐이지 뻥땅한다고 모아지는 돈
　　　　도 아닌데… 빨리 시집이나 가야지!

문희　　…

영주　　하지만 시집 가기도 틀렸나봐! 우리 바지 씨가
　　　　날 빨랑 데려갈 생각은 안 하구 배 타러 가겠대!

문희	무슨 배?

영주	원양어선! 돈 벌어가지구 와서 결혼해주겠다지만 그 말을 어떻게 믿니? 모레 부산으로 가겠대! (일어서며) 에이고! 오늘은 만나서 몇 달 못 만난 거까지 뿡이나 빼야지!

문희	(매달리듯) 얘! 내가 저녁 한턱 낼 게 내 부탁 들어주겠니?

씬 98 ─── 광석의 집 앞 골목

이집 저집 기웃거리며 비탈길을 달려오는 문희. 한 아주머니에게 뭔가 묻고 올라온다.

인수	(소리) 여어, 우리 집에 오는 거야?

이불 보따리 등 짐을 집 밖에 쌓아 놓고 그 위에 앉아서 담배를 피우며 손을 들어보이는 인수.

문희	…?

인수	광석인 아직 안 왔어.
문희	왜 그러구 계세요?
인수	쫓겨났어! 방세가 밀렸다구. 돈 있으면 좀 내줄래? 내일 갚을게!
문희	왜 돈이 없어요?
인수	양심적이니까!
문희	광석 씨한테 6시에 삼거리 ○○다방에서 만나잔다구 전해주시겠어요?
인수	그때까지 들어오면.
문희	밤 10시까지는 기다리겠다구 해주세요!
인수	왜 만나려구 그래? 바탕을 알았을 텐데?
문희	바탕을 뜯어 고쳐 놓으려구요!

휙 돌아서서 달려가버린다.

인수	나도 좀 고쳐 주지.

손가락을 입에 넣어 휘파람을 분다.

씬 99 ── 불고기 집 안 (밤)

문희, 영주, 광석, 영주의 애인 문수 불고기를 먹고 있다. 광석, 문수를 상대로 소주잔을 주고 받으면 남자의 허세를 부린다.

문수 더 못하겠어!

광석 당신 말야. 맘에 들었다 안 들었다 그래! 배를 타겠다는 남자가 술 그것 가지고 말야!

영주 아이 그만 권하세요! 나가서 우리끼리 할 일도 있잖아요! 너무 취하면 안 돼요!

문수 저것 봐!

광석 와! 게다가 벌써부터 공처가로구나! 내 친구 노릇 못하겠는데 좋아! 나 혼자 마신다!

영주 그만하세요! 건강한 몸으로 떠나셔야죠! 저것 봐요! 문희가 걱정하고 있잖아요!

걱정스레 몹시 취한 광석을 바라보고 있다가 얼른 미소 짓는

문희 괜찮아! 난 우리 아빠가 술 취하면 참 재미있었

어!

광석   저것 보라구! 여자는 이렇게 다루는 거야!

문희   그치만 그만 두세요! 이분들이 할 일이 있다잖아
       요!

광석   오케이! 오늘은 참지! (문수에게) 그렇지만 우리
       배에 타고서도 이런 식으로 굴면 내 친구 안 되는
       거야! 자 가자구!

씬 100 ——— 종점 부근길 (밤)

걸어오는 문희와 광석.

문희   많이 취하셨죠?

광석   천만에! 사실은 나 술 잘 못해! 그 친구 기 죽이
       느라구 뻥친 거지!

문희   왜 기를 죽여요? 고마운 분한테!

광석 남자들 끼리는 그러는 거야! 새로 알게 되면 빨리 기를 죽어야 돼! 이게 다 재벌이 되는 기술이지!

문희 또 재벌?

광석 아 참 고기 잡으러 가는 주제에… 미안해!

문희 고마워요! 제 얘길 들어줘서… 그 대신 약속할게요! 혹시 바라신다면 아내가 되어드릴게요! 성공하고 돌아오신 다음에…

광석 …!

문희 ?

광석 고맙다고 해야 할 사람은 나지! 문희가 그렇게까지 맘 써주는 줄 몰랐어… 정말 내 아내가 되어줄래?

문희 (고개를 끄덕이고) 제가 믿고 의지할 수 있는 남자가 되어주세요!

광석 문희를 포옹한다. 수줍지만 입술을 허락하는 문희.

씬 101 ── 고속버스 터미널

초조하게 광석을 기다리고 있는 문희, 영주, 문수. 부산행 고속버스에 손님들이 오르고 있다.

문수   안 오나부지?

문희   올 거예요!

영주   약속시간에서 한 시간이나 지났다구!

문수   소풍 가는 것도 아니고 갑자기 맘 정하기가 힘들 거야! 나도 몇 달씩 생각했는데!

영주   할 수 없어! 차 타!

문희   … (울상으로 사방을 살핀다)

문수   맘 정하면 내일이라도 부산으로 보내세요! 선원 훈련 기간은 넉넉하니까! 자 작별! (영주와 껴안으며) 바람 피지 마!

영주   (눈물을 글썽여서) 자기나… 편지해야 돼 매일!

문수   응! (문희에게) 안녕히 계세요!

문희   (절망적으로) 안녕히 가세요!

씬 102 ─── 물건집

행상 상대로 물건 파는 가게 안이다. 물건을 고르고 있는
행상들 중의 광석, 인수, 두표, 병열 등.

광석   고 깜짝한 것이 뽀뽀 한번 해주구선 날 남태평양
        으로 가라지 않아!

킬킬대는 일행.

광석   서울이 얼마나 좋은데. 서울 바닥 진짜 맛을 모르
        고 고것이! (주인에게) 이건 몇 가께요?

씬 103 ─── 버스 안/버스 정거장

손님이 별로 없는 버스 안. 문희 무심코 보면 차창을 통하
여 길 건너편 정거장 쪽에 광석이 보인다. 새삼스레 분노
가 치미는 문희의 얼굴. 차가 선다.

문희   (운전사에게) 아저씨 잠깐만요!

총알처럼 뛰어내려 차들이 달리는 차도를 위태위태하게 돌진하여 가로질러 건너편 버스 정거장으로— 버스에 막 오르려는 광석의 옷자락을 휙 잡아 돌려 세운다.

광석   어!? (계면쩍은 미소 짓는다)

분해서 눈물이 글썽이는 눈으로 쏘아보는 문희.

광석   갑자기 일이 생겨서 말야!

광석의 뺨을 치는 문희.

광석   어?!

문희 주먹으로 입술 닦아버리는 시늉을 해보이고 주르륵 흐르는 눈물도 닦고 달려가 버린다. 제 정신을 차리고 문희의 뒤를 쫓아 차도를 가로지르려는데 교통순경이 호각을 불어 제지한다. 멈칫서는

광석   야! 나 갈게! 고기 잡으러 간단 말야!

씬 104 ——— 고속버스 터미널 매표구

창구에 돈을 디밀며

문희   부산행 두 장이요!

광석   두 장이라니?

문희   (방긋 웃으며) 휴가 얻었어요! 내일까지!

광석   날 못 믿는군?

문희   내 눈으로 봐야겠어요!

광석 기가 막힌 듯 웃는다.

씬 105 ——— 달리는 고속버스 안

창밖으로 흐르는 풍경을 보고있는 문희를 사랑스러운 눈
으로 바라보는 광석. 살그머니 머리털을 잡아당겨 얼굴
을 돌리게 하고

광석	신혼여행 가는 것 같다!

문희 행복한 듯 광석의 어깨에 머리를 기댄다. 광석, 문희의 어깨를 감싸 안는다.

광석	(문득 생각나서) 참!

호주머니에서 가느다란 금반지를 꺼내 들고 문희의 손가락에 끼워주려 한다.

광석	약혼반지야!

문희 의심스럽게 쳐다 본다.

광석	훔친 건 아냐! 친구들이 작별 선물로 해준 거야!

그제야 미소지며 손가락에 끼어보고 행복해 죽겠는 문희.

문희	난 뭘 드려야죠?

살피다가 문희의 머리핀을 빼어 냄새를 맡으며

광석	문희 냄새가 배어 있겠지?
문희	아이 그런 걸!

광석   잃어버리지 않을게!

옷깃에 꽂는다. 기대고 껴안는 두 사람의 손이 굳게 얽힌
다.

씬 106 ──── 부산 부두 (낮)

많은 배들이 들어오고 나간다. 보고 있는 광석과 문희.

문희   미안해요. 제 모든 것을 드리고 싶지만…

광석   아냐! 나도 냄새나는 싸구려 여관방에서 문희의
       처녀를 받고 싶진 않아! 돌아와서 떳떳하게 깨끗
       한 새 이불에 깔리고 다른 사람들의 축하를 받으
       며…

문희   고마워요! 저 단단히 지키고 있을게요. 당신 꺼
       니까!

달려오는 문수.

문수   어, 왔구만!

광석   어? 그래

        일어서서 악수한다.

문수   도망가진 않겠지?

광석   그러엄~

        미소 짓는 문희.

씬 107 ── 기숙사 안

우당탕 문이 열리며 쳐들어오는 김 기사의 부인 말숙(24세). 경박하게 화려한 차림.

부녀부장과   어머, 말숙이 언니!
고참 안내양

말숙   장영옥이란 기집애 어디 있니?

표정이 심상찮다.

부녀부장   왜 그래 언니?

저쪽에서 기웃 내다보는 영옥을 발견하고 난폭하게 다가
가서

말숙   너지? 텔레비에 나가서 찧고 까분 게! (닦아세우며)
야, 세상에 사내가 없어서 선배의 남편을 넘봐?
이것아! 낯바닥에 화냥기가 철철 넘치는구만!

영옥   당신 누군데 그래? 사람 잘못 본 거 아냐?

말숙   이게 얻다 대고 반말이야! 엉? 얻다 대고 반말이
냐구!

부녀부장   (영옥에게) 애, 너 오기 전에 여기 부녀부장 지낸
말숙이 언니야!

영옥   그래, 근데 내 얼굴이 뭐가 어쨌다구 그러냐구?

말숙   (멱살 잡으며) 야, 너 경찰서로 가자! 몇 번이나 관
계했어? 너 같은 불여우는 뜨거운 맛을 봐야 꼬
리가 쑥 빠져!

영옥   이거 놓구 말해! 네가 뭐야?!

말숙	나? 김만수 여편네다! 요 앙큼한 게 시침 떼긴!

영옥	…?

부녀부장	어머! 언니 언제 김 기사님하구 결혼했수? 무슨 일인지 모르지만 우리 조용조용 얘기해요. 네 언니!

씬 108 ——— 총무부

얼굴에 할퀸 상처투성이인 김 기사 사표를 내고 있다.

박총무	뭐요?

김기사	쫓겨나기 전에 그만 두려구요.

앙칼진 말숙과 영옥의 고함소리가 가까워 오고 사무실 사람들이 우루루 구경하러 나간다. 창밖으로 끌고 끌리며 다가오는 말숙와 영옥의 모습이 보인다.

박총무	저건 뭐요?

김기사   사표는 분명히 냈습니다!

여자들 눈에 안 뜨이게 슬그머니 빠져나가 버린다.

씬 109 ── 목로술집 안

눈물투성이의 영옥 소주를 훌꺽 마시고

영옥   왜 결혼 했다는 얘길 안 했어?

김기사   안 물어봤잖아?

영옥   난 당연히 총각인 줄 알았지! 혼자 영화 구경 다
          니구 그래서…

김기사   그 여자하고 정식으로 결혼한 건 아냐! 동거생활
          시작한 지 석달 좀 넘었어… 나 그 여자 싫어!

영옥   싫은데 왜 함께 살았어?

김기사   …여자니까… 없는 것보다 나아서…

영옥   병신! 그나저나 어떡할래? 회사도 그만두고!

김기사   나야 뭐 가진 기술 어디 갈라구! 영옥이가 야단
         났군!

영옥   내 걱정은 집어쳐요!

         뭔가 결심한 게 있는 듯 이를 악문다.

씬 110 ——— 영옥의 집 앞 골목

         여감독 최 여사가 핸드백을 품에 안고 다가와 대문을 기
         웃거리며

최여사   이 집인가?

씬 111 ——— 영옥의 셋방 안

활짝 열린 문 안에서 도배하고 있는 도배장이의 시중을 들고 있던

영옥   (반기며) 어머! 아줌마!

최여사   셋방에 웬 도배야?

영옥   하루를 살아도 사는 것처럼 살아야죠!

최여사   하여튼 성미 한 번 깔끔해!

영옥   돈 됐수?

최여사   되긴 됐는데 월 4부 달래!

영옥   싫어이! 3부에 줘요!

최여사   50만원에 3부 이자 요새 없다니까! 어떡할래?

영옥   할 수 없지 뭐! (손을 내민다)

최여사   (수표를 꺼내주며) 너 그 극성스런 성질 보구 빌려 주는 거야! 실수하지 마!

영옥   알았어! 치! 그동안 내가 애들한테 거둬준 돈만

해도 이보다는 많을 텐데…

최여사   생색내지 마. 나 아니면 늬 적금 50만원은 어디
서 생기니?

영옥   히히… 하긴 그래!

씬 112 ── 자동차 매매소

택시 운전석에 앉아서 엔진을 검사하고 있는 김 기사. 엔
진소리에 귀를 기울이며 이상이 없나 확인한다. 창밖에서

영옥   어때?

김기사   (끄덕이고) 이게 그중 나은 것 같애!

브로커   공장에서 나온 지 두 달밖에 안 된 거라니까!

영옥   계약해요!

씬 113 ── 달리는 택시 안

운전하며

김기사　영옥이가 차주가 되고 내가 머슴이 되는 건가?

영옥　왜 내가 차주야! 자기가 차주지!

김기사　…어쩌자는건데?

영옥　그 여자하고 살기 싫다고 했잖아! 자기 지금 사는 데로 가.

김기사　뭐야? 왜?

영옥　난 정식 결혼한 사인 줄 알고 양보하려고 했지만, 알고 보니 저나 나나 같잖아. 나도 성깔은 있다구! 하루를 살다 죽어도 좋아하는 사람끼리 살아야 한다구!

씬 114 ── 김기사의 방안

담배를 피우며 화장하고 있던 말숙. 돌아보고 긴장한다.
들어서는 영옥과 김 기사.

말숙   어? 아니 이게 어딜…?

방안을 둘러보다가 외제 화장품을 집어들고

영옥   홍! 외제 화장품만 쓰시구… 이러니 맨날 그 꼴
루 살지? (김기사에게) 여보 어서 짐 싸요!

기가 막힌 말숙. 속옷 몇 가지를 큰 봉투 속에 집어넣고
면도칼을 호주머니에 집어넣는다.

김기사   (봉지를 내어 말숙에게) 우린 긴 말 하면 피곤하니
까… 각자 자기 갈 길로 가자구. 통장하구 도장
은 당신 가져!

말숙 기가 막혀 가쁜 숨만 쉰다.

영옥   다른 남자 만나 살 때는 국산 화장품 쓰시라구
요! 빠이 빠이!

말숙   야! 이 쌍것들아, 얼마나 붙어사나 보자!

씬 115 ── 달리는 택시 안

운전하며 히죽 웃음이 삐져나오는 김 기사. 그 모습을 보고 안심되어 깔깔대며 어깨를 치는 영옥.

씬 116 ── 버스 안·밖

성애 승강구에 서서 핼쑥한 얼굴에 병적으로 번쩍이는 눈으로 물끄러미 보고있는 좌석의 승현. 대학 신입생이 되었다. 어전히 성애한테는 냉담하다. 차가 서자 승현 다가와 내린다. 성애 준비해준 선물을 내리는 승현의 호주머니에 얼른 넣어 준다.

승현   …?

뒤따라 내리는 손님들 때문에 밀려 내린 승현. 선물을 꺼내는데 문이 닫히고 차가 떠나버린다. 포장을 뜯어보면 고급 만년필과 쪽지에 "대학 합격을 축하합니다. 성애" 또 한 장의 쪽지에 "한 번만이라도 만나주세요. 내일 12시 종로2가 크라운 제과에서 기다리겠어요, 성애"

승현   (가볍게 생각할 일이 아니라는 듯 바라본다)

멀리 사라지는 버스.

씬 117 ── 달리는 버스 안

통로를 다가와서 맨 뒷좌석에 혼자 있는 동생 성숙에게

성애   오늘은 그냥 가! 내일 내가 좀 쓸 일이 있어!

성숙 끄덕끄덕.

씬 118 ──── 케익점 안

고개를 푹 숙이고 있는 성애와 미소하며 보고 있는 승현.
아름다운 음악이 들려오고 있다.

승현   나 어제 밤에 우리 누나하고 의논해 봤는데요.

살며시 치켜 떠보다가 다음 말을 기다리는 성애.

승현   우리 누나가 미싱자수학원을 하고 있어요. 수업
료는 안 받겠다구 성애씨가 노는 날만이라도 학
원에 나오면 힘껏 지도해 주겠다고 했어요!

성애의 표정이 확 밝아지고 감격에 차서 눈물이 글썽해
진다.

씬 119 ──── 수돗가

빨래하고 있는 문희. 다가와서 항공우편을 주는 부녀부
장.

부녀부장 남태평양 강태공한테서 편지 왔네요.

반갑게 받아 읽는 문희.

성애 (다가와서) 학원 갈 시간이야!

씬 120 ── 미싱자수 학원

천에 아름다운 그림이 수놓아지고 있다. 미싱자수하고 있는 학원생들 중에 성애와 문희. 승현의 누나 이미지 여사가 지도해주고 있다.

성애 (미지 여사를 눈짓으로 가리키며) 우리 언니 아무리 봐도 미인야, 그치?

문희 광석 씨한테서 편지가 왔는데 미싱자수 학원 나가는 거 참 잘했대! 너한테 인사 전해달래!

성애 우린 참 행복하지?

미소 짓는 문희의 얼굴, 광석은 지금 무얼 하고 있을까.

씬 121 ——— 바다

태풍에 시달리고 있는 원양어선 한 척.

씬 122 ——— 동. 배 위

갑판을 휩쓰는 물보라. 광석 문수 등 선원들이 구명조끼를 입고 위험한 작업을 하고 있다.

선장   닻을 내려!

광석 명령을 받고 물보라 속을 위태하게 달려가서 닻줄을 푼다. 갑자기 풀려나가는 닻줄. 덮치는 물보라에 정신을 못 차리고 허둥대던 문수가 풀려나는 닻줄에 걸려 비명을 지르며 난간 밖으로 떨어진다.

광석   문수야!

당황하는 선원들.
잠겼다 솟았다 하며 떠내려가는 문수.

광석	로프를 감아줘요!
선장	안 돼! 구명대나 던져 봐!
광석	기절했단 말예요! 보세요, 감아줘요!

선원들 로프를 몸에 감아준다. 뛰어드는 광석. 로프를 풀어 내리는 선원들. 천신만고로 다가가는 광석. 긴박한 순간 순간… 드디어 문수를 붙들어 매고 손을 들어 보이고 기절한다.

씬 123 ―― 기숙사 방 안

잠옷차림의 영주, 편지를 들고 달려와 문희를 와락 껴안고

영주	(편지를 흔들어 보이며) 우리 그이가 광석 씨 덕분에 살았대! 하마터면 시집도 못 가보고 과부될 뻔했다, 애!

씬 124 ──── 영옥의 셋방 안 (밤)

김 기사를 무릎에 눕혀놓고 면도해 주고 있는

영옥　　　혼인신고는 언제 해줄 거냐구?

눈을 감아버리는 김 기사.

영옥　　　왜 혼인신고 얘기만 나오면 눈을 감아?

김기사　　못 믿겠으면 자기가 가서 해! 난 관청 출입이 제
　　　　　일 싫다구!

영옥　　　첫 부인하고 이혼했다는 거 거짓말 아냐?

김기사　　글쎄, 구청에 가서 호적 찾아 보라니까!

영옥　　　나한테는 얼렁뚱땅 못해! 알지?

씬 125 ──── 무교동 유흥가 (밤)

택시가 달려와 멎고 손님이 내린다.

씬 126 ── 동. 택시 (밤)

운전석의 영옥, 거스름 돈을 챙겨 밖에서 기다리고 있는
손님에게 주고 올라타려는 다른 손님에게

영옥   안 갑니다!

손님   안 가다니? 통금시간은 아직 멀었는데? (시계를
보고) 아홉시밖에 안 됐잖아요!

영옥   미안합니다. 전 아홉시까지밖에 일 안 해요! 집
에 가서 식구들 저녁도 해 먹여야죠! 다른 차 타
고 가세요! 미안합니다!

투덜대며 물러나는 손님 너머로 상점 쇼윈도를 어슬렁거
리며 구경하고 있는 김 기사. 땅콩 봉지를 들고 한 개씩
집어 먹고 있다.

영옥   (자기 눈이 의심스럽다) …

그러나 틀림없이 집에 있어야 할 김 기사가 또 방황하는
습벽이 되살아 나서 어슬렁 거리고 있다. 영옥 화가 나서
입술을 깨문다.

다른 손님   이 차 안 가요?

영옥   안 갑니다!

         화가 잔뜩 나서 차에서 내려 달려가 쇼윈도를 구경하고
         있는 김 기사의 어깨를 돌려 세우며

영옥   여기서 뭘 하고 있는 거야?

         흠칫 돌아보고 죄진 표정으로 히쭉 웃는 김 기사.

영옥   에게게, 술까지 마시구! 집에서 하루만 푹 쉬었
         으면 좋겠다더니…

김기사   심심해서 말야!

영옥   (쏘아 보다가) 집에 가서 얘기해!

         앞장서 차로 간다. 야단맞기 두려운 김 기사 그대로 버티
         고 서 있다.

영옥   여긴 주차 금지야! 빨랑 타!

         김 기사 내키지 않는 걸음으로 다가와 차에 오른다. 그 너
         머로 술취한 남녀가 부둥켜 안고 히히덕 거리며 지나간
         다.

씬 127 ──── 달리는 택시 안 (밤)

화가 나서 입을 꾹 다물고 운전하는 영옥. 힐끔힐끔 영옥의 눈치를 살피며 땅콩을 집어먹는 김 기사.

영옥　　나하고 만나기 전에도 극장에서 혼자 어슬렁거렸지? 집에다가는 선배 언닌지 뭔지 여편네를 놓아두고…

김기사　말 시키지 마! 나 취했어!

영옥　　내가 싫어진 거야?

김기사　…

영옥　　(빽!) 내가 싫어진 거냐 말야!

김기사　아 아니!

영옥　　아닌데 왜 밤거리를 혼자 어슬렁거려?

김기사　나 가끔 그러고 싶은 때가 있어!

영옥 단단히 벼르는 표정.

씬 128 ——— 영옥의 집 앞 택시 안 (밤)

영옥의이 택시 난폭하게 급정거한다. 영옥 내린다. 내리지 않고 뒷좌석에 버티고 있는 김 기사.

영옥   안 내려?

김기사   (여전히) …

영옥   안 내리면 어쩌겠다는 거야?

김기사   (갑자기 신경질적으로) 지겨워! 지겨워! 지겨워!

영옥   (충격이 크다)

김 기사 후다닥 문을 열고 뛰어내려 도망친다.

영옥   (울상으로) 여보!

골목 모퉁이를 돌아가는 김 기사. 영옥 황급히 택시에 올라 후진으로 쫓아간다.

씬 129 ——— 변두리 길 택시 안 (밤)

두 대의 택시가 약간 간격을 두고 달려가고 있다. 앞차의
뒷좌석에 우울하게 앉아있는 김 기사. 문득 생각난 듯 주
머니에서 껌을 꺼내 씹는다. 뒤차의 운전석의 영옥, 앞차
를 놓치지 않으려고 긴장하고 있다. 앞차가 마을로 들어
가는 흙길로 들어선다. 따라서 핸들을 돌리는 영옥.

씬 130 ——— 변두리 마을 입구 (밤)

간격을 두고 달려오는 두 대의 택시. 앞차가 선다. 뒤차
도 급정거하고 라이트를 끈다. 뒤차의 영옥 이해할수 없
는 표정으로 앞차에서 내리고 있는 김 기사와 주변 풍경
을 본다. 해묵은 느티나무가 있고 여기저기 시멘트블록
만드는 노천 공장이 있는 토착민 마을이다. 어슬렁 멀어
지는 김 기사의 뒷모습을 보다가 차에서 내려 따라 간다.

씬 131 ——— 김기사의 집 방안 (밤)

가난해 보이는 방안. 허리가 굽은 김 기사의 노모가 베개 깃을 꿰메고 있다. 김 기사의 큰딸(10세)은 만화책을 보고 있고 작은딸(8세)은 인형 그림에 색칠을 하고 있다.

노모　　(옆 손녀에게) 얘, 이곳 좀 꿰다오!

큰딸이 바늘에 실을 꿰어주는데 문이 열리고 김 기사 들어선다.

큰딸　　아빠!

작은딸　　아빠!

노모　　웬일이냐? 어저께 다녀가고선…

큰딸의 머리를 쓰다듬어주며 작은딸에게

김기사　　아픈 건 좀 나았니?

작은딸　　기침은 안 해!

김기사　　(노모에게) 나 냉수 좀 주세요!

큰딸　　내가 떠 올게!

나가려는데 먼저 문이 열리며 들여다 보는 영옥.

큰딸   …?

아빠와 영옥을 번갈아 본다.

영옥   …!?

노모   누구…슈?

김기사   왜 따라왔어?

귀찮은 듯 베개를 끌어당겨 벌렁 누워버린다. 모든 걸 알고 착잡한 영옥의 얼굴. 방안으로 들어와서 노모에게 인사한다.

영옥   절 받으세요!

얼결에 절 받는

노모   (김 기사를 흔들며) 야! 일어나 봐라! 네 색시니?

김 기사 일어나서 얼굴만 쓰다듬는다.

영옥   (작은딸에게) 이름이 뭐니?

141

작은딸	…
노모	대답해야지!
작은딸	명진이!
영옥	참, 깜박 잊었구나. 잠깐만 기다려!

밖으로 나간다.

씬 132 ── 마을 가게 밖・안 (밤)

달려온 영옥 가게 안으로

가게영감	어서 오세요!

둘러보는 영옥 초라한 물건뿐이다.

영옥	물건 이것밖에 없어요?
영감	왜? 이만하면 백화점이지!

영옥 노모와 아이들을 위해 이것 저것 잔뜩 산다. 슬며시 놀라는 영감.

영감   가만, 주판이 있어야겠는데…!

씬 133 ── 시멘블록 노천공장 근처 (밤)

물건 봉지를 한아름 안고 오는 영옥.

김기사큰딸   (소리) 엄마아!

그녀의 눈에 김 기사의 큰딸이 달려가 블록더미 옆에 서 있는 광주리 장수 차림의 초췌한 여인과 다정하게 만난다. 김 기사의 부인이 분명하다.
영옥, 슬그머니 다가가서 블록더미 넘어로 본다.

부인   명진이 아픈 건 좀 어떠니?

큰딸   기침은 그쳤어! 엄마, 아빠가 여자를 데려왔어!

부인   어떻게 생긴 여잔데?

큰딸	발랑 까진 여자야!
부인	(돈을 쥐어주며) 시험지대 내일까지라구 그랬지?
큰딸	괜찮아! 어저께 아빠가 돈 좀 갖다줬어! 그래서 명진이 약도 사먹고…
부인	이 돈은 할머니 드려라! 그러구 이건 팔다 남은 건데 반찬 하시라구 그래!
큰딸	(봉지 안을 들여다 보며) 엄마, 요새 생선장수 하고 있어?
부인	응! 어서 들어가거라! 아빠가 찾겠다!
큰딸	엄마, 다음 주일에 또 오지?
부인	그래! 어서 들어가!
큰딸	(울먹이며) 엄마, 잘 가!
부인	응! 어서 가!

눈물을 닦으며 멀어지는 큰딸을 보고 있는 부인도 눈물을 닦는다. 보고 있는 영옥, 생각에 잠긴다. 부인 피곤한 걸음으로 근처의 펌프로 가서 물을 받아 마신다. 등 뒤로 다가온 영옥.

영옥	저 좀 보세요!
부인	…누구…세요?
영옥	명진이 엄마시죠?
부인	(눈치 채고) …
영옥	명진이 아빠가 집으로 돌아왔어요! 이젠 집에서 떠나지 않을 거예요! 명진이 엄마를 제일 사랑한대요!
부인	… (의아한 얼굴)
영옥	(과자 봉지를 안겨주며) 이거 애들 갖다 주세요. 어서 들어가 보세요!
부인	(반신반의로) …
영옥	어서 가서 명진이 아빠를 꼭 붙드세요. (미소한다)

부인, 희미하게 미소하며 고개를 끄덕이고 간다. 보고 있는 영옥, 괴로운 얼굴에 눈물이 흐른다. 두 손으로 머리칼을 움켜쥔다.

썬 134 ── 달리는 택시 안 (변두리 길)

쓰라림을 참으며 운전하는 영옥. 엑셀레이터를 밟는다. 속력이 오른다. 차창 너머로 손을 드는 손님들이 휙휙 지나간다. 마치 죽어버리고 싶은 충동이라도 느끼는 듯 무섭게 긴장해 있는 영옥. 갑자기 브레이크를 밟는다. 삐이익― 급정거 하는 차. 운전대에 고개를 처박는 영옥. 달려와 뒷문을 열고 오르는 샐러리맨 타입의 남자.

젊은이   신당동 갈 수 있죠? 지금 열한시밖에 안 됐는데…

영옥   미안하지만 다른 차 이용해 주세요!

젊은이   여긴 차 잡기가 힘들어요. 보세요! 빈 차가 있는지…

영옥, 할수 없다는 듯 정신을 가다듬고 출발한다.

젊은이   어디 아프세요?

영옥   …네, 마음이요!

젊은이   실연당했나 보죠?

영옥   …실연이라면 실연이구…

젊은이   까짓거 쎄구 쎈 게 남잔데. 나 아직 총각인데 어
         때요?

         영옥 백미러로 젊은이를 훔쳐본다.

젊은이   슈퍼마켓에서 일하고 있어요. 결혼한다면 아가씨
         같은 여자하구 하고 싶어요! 미인이시구… 농담
         아닙니다.

씬 135 —— 주택가 택시 안

         달려와 어느 집 앞에서 멎는 영옥의 택시.

젊은이   (내려서) 이게 우리 집예요. 아버지, 어머니, 동생
         들하구 함께 살아요! 내일 열두시 반 잊지 말아
         요!

영옥   (쓰게 웃으며) 댁에서나 잊지 마세요!

젊은이   나 진짜 농담 아녜요!

영옥	(쓸쓸히) 농담이라도 할 수 없죠 뭐, 하여튼 난 약속을 지켜요!
젊은이	내일 만나!
영옥	빠이! 빠이!

손을 흔들어 보이고 유턴하여 어둠 속으로 멀어진다.

씬 136 ── 공중전화 박스

성애, 발을 동동 구르며 박스 안의 아주머니가 전화 끝나기를 기다린다. 끝내고 나오는

아주머니	미안해!

성애, 달려 들어가 다이알을 돌린다.

성애	여보세요 저 성애예요. 승현씨, 나 기술면허 땄어요. 네, 조금 전에… 약속대로 이젠 만나주셔야죠!

씬 137 ──── 승현의 방

비발디의 바이올린 협주곡이 가늘게 들리고 있다. 전화 받고 있는

승현   진심으로 축하해요. 축하하는 뜻으로 내가 한 턱 낼게요! 다섯시에 그 제과점에서 만나요! 그럼 이따가 봐요!

수화기를 놓고 돌아서며

승현   오늘 기술 면허를 땄대!

전축의 볼륨을 다시 올리며

경희   좋은 일 했네!

승현   오해하는 거 아니지?

경희   상대가 돼야지!

씬 138 ──── 스테이크 하우스 안

비참한 기분을 참으며 고기를 씹고 있는 성애. 마주앉은
자리에 나란히 정답게 앉아있는 승현과 경희. 근처 벽에
걸려있는 마티스의 복사화를 보며 소근대고 있다.

경희	저 그림 좋지?
승현	누구 그림인가?
경희	바보. 마티스잖아!
성애	저 한 잔 주시겠어요? (컵을 내민다)
승현	와! (맥주를 따라주며) 술 참 잘하는데요!
성애	기분 좋은 날이잖아요! 면허도 따구…
승현	누나가 칭찬하더군요. 소질이 대단하대요.

성애 슬프게 웃으며 맥주를 마시고 고기를 씹는다. 또 그
림을 보며 소근대고 있는 승현과 경희. 성애 화장실에라
도 가는 체 살그머니 빠져나간다.

씬 139 ── 동. 밖 거리

나오는 성애 비참한 표정으로 오다가 쓰레기 통에 입속
에 물고 있던 고기를 뱉고 돌아서는 얼굴에 눈물이 줄줄.

씬 140 ── 육교 위

눈물을 삼키며 걸어와 난간에 서는 성애. 굉장한 스피드
로 오가는 자동차들의 행렬. 성애. 아찔한 듯 눈을 감는
다. 호주머니를 뒤져 가짜 젖꼭지를 꺼내 입에 물려다가
눈을 뜨고 바라본다.

성애 　　나도 이젠 어른이 될 거야!

외치며 내던진다.
인써트─ 차도에 떨어져 구르는 가짜 젖꼭지가 자동차
바퀴에 짓이겨진다.

씬 141 ——— 종점 (밤)

감싸안을 듯 팔을 벌리고 안타깝게 부르고 있는

문희   성애야, 나 문희야! 알아보겠어? 성애야! 정신
차려!

그 너머로 에워싸고 안타깝게 주시하고 있는 안내양과
회사원들. 버스 차체에 등을 대고 무서운 듯이 피하며 헛
소리 하는 성애.

성애   하루라도 내가 안 벌면 우리 식구 굶는단 말예
요!

성애의 공포에 떠는 표정에 컷인 되는 비젼. 덮쳐오는 악
덕 운전사 차 기사의 이 모습, 저 모습. 와락 성애를 끌어
안는 문희.

문희   성애야! 정신 차려! 성애야!

몸부림치며 빠져나가려는 성애의 입에 문희 엄지 손가락
을 밀어넣는다. 갈증 난 사람처럼 문희의 손가락을 움켜
쥐고 빨아대는 성애.

씬 142 ── 버스 정거장

성애의 어머니 박씨가 신문을 팔고 있다. 그 너머로 버스가 멎고 내리는 문희, 성애를 부축하고 다가온다.

문희   성애 엄마시죠?

박씨   (돌아보고) 아니! 성애야!

문희   회사 그만뒀어요! 건강이 안 좋아요! 며칠 동안 푹 잠만 자면 나을 거래요!

약봉지를 준다. 박 씨 한숨을 쉰다. 주간지 표지의 모델 사진을 쓰다듬는 성애.

성애   참 이쁘지?

문희   네가 더 이뻐! (박 씨에게) 미싱자수 기술면허를 땄어요. 친구들이 돈 모아서 미싱 사주기로 했어요!

박씨   (반색하며) 그래 잘 했다! 그런 기술만 있으면 우리는 살 수 있어요! 성애야! (껴안고 운다)

성애   엄마 울지 마! 엄마가 울면 나 자꾸 나쁜 짓 하게 된단 말야!

박씨   그래 안 울게, 안 운다! 안 울어!

그러면서 운다.

씬 143 ──── 기숙사 방안

한구석에 몰려있는 안내양들 두려운 표정이다. 박 총무,
유 총무 등 회사와 분회 직원들이 몇 팀으로 나뉘어 안내
양 한 사람 한 사람을 불러내 트렁크 등 짐을 샅샅이 뒤져
숨겨놓은 현금이나 통장을 뒤진다. 영애의 양말 속에서
돈을 찾아내어 센다.

영애   그건 월급에서 조금씩 모은 거란 말예요!

직원   알았어! (장부에 적는 직원에게) 한영애 사만 칠천원.

다른곳. 문희의 빽에서 통장이 나왔다.

박총무   허! 미스 리까지…?

문희	친구들 빨래해준 거 표창금 받은 거 모은 돈예요!
박총무	사십만 오천원이라. 빨래 삯 치고는 너무 많은데…
문희	팔개월 동안 결혼할 때 쓰려구 고기 한번 안 사먹었어요! 비누도 남이 쓰다 버린 걸 주워 썼구…

빽 속에서 예쁜 블라우스, 고급 속옷들을 잔뜩 집어들고

박총무	옷치장만 했다 그 말씀이겠지?
문희	영옥이가 그만두고 떠나면서 싫다는데도 줬어요!
박총무	머리가 좋네! 없는 사람 핑계 대면 넘어갈 줄 알구…

문희, 분해서 눈물이 글썽인다.

박총무	(장부 적는 직원에게) 사십만 오천원. 믿었던 도끼에 발등 찍혔어!

씬 144 ─── 종점 (밤)

줄지어 서 있는 버스들 너머로 기숙사에서 나오는 직원
들이 보인다.

씬 145 ─── 기숙사 안 (밤)

낄낄대며 짐 정리를 하고 있는 안내양 몇 명.

안내양　　이럴 줄 알고 난 여기다 숨겼어!

다다미 밑에서 돈다발을 꺼낸다.

문희　　(소리) 부끄럽지도 않니?

울면서 외치는 문희를 일제히 돌아보면

문희　　우리가 왜 이런 취급을 받니? 왜 이런 도둑년 취
급을 받아야 하냐 말야! 너희들 부끄럽지도 않
니? 챙피한 줄 왜 모르느냔 말야! 난 여태까지 나

혼자만 깨끗하면 되는 줄 알았어! 그래서 보고도 못 본 체했지만… 너희들! 너희들 정말 챙피한 줄 좀 알아라!

안내양   똑똑한 체하지 마, 기집애야! 누군 이짓 하구 싶어서 하니?

문희   덜 먹고 덜 쓰면 될 거 아냐?

안내양   그럴려면 뭣 하러 버스 타? 집에서 동생이나 업어주지!

까르르 웃는 몇 명의 안내양들. 많은 안내양들은 시무룩해 있다.

씬 146 ──── 버스 안

종점으로 들어서는 버스 안.

운전사   쎈타가 심해졌다지?

문희	그렇대나 봐요! 억울해 죽겠어요!
운전사	뻥땅을 완전히 뿌리 뽑고 대신 월급을 올려준다는 소문이던데?
문희	바로 제 생각예요! 정말 그래야 한다구요!
운전사	계수기라구 손님 세는 저울을 단대나 봐!

문희 차가 멎자 뛰어내려 입금실로 달려간다.

씬 147 ─── 입금실 입구

들어오는 문희. 울며 나오는 영애. 몇 명의 안내양들이 얼굴을 가리고 울고 있다.

문희	왜 그러니?
형주	(울면서) 옷을 막 벗기고…
문희	뭐!?

울고 있는

안내양   여감독만이 아니야!

씬 148 ——— 입금실 안

창구에 돈을 내고 있는 긴장한 문희의 귀에 칸막이 뒤에
서 들려오는

새 여감독   (소리) 오, 여기다 숨겼구나! 에이 지저분한 것!

박총무   (소리) 그만큼 설교했으면 알아들었을 텐데 혼이
덜 났군!

문희 아찔해진다. 아욱고 훌쩍이고 나오는 안내양2.

새 여감독   (손짓하며) 미스 리 들어와!

문희 떨리는 걸음으로 들어간다.

씬 149 ——— 칸막이 안

여감독 두 명과 박 총무가 들어오는 문희를 쏘아본다. 머릿속과 호주머니와 구두 속을 다 뒤져 보고 나서

여감독   옷 벗어!

문희   못 벗겠어요! 인권 유린하지 마세요!

여감독   사람다운 짓을 해야 사람 대접 받는 거야!

문희   (이를 악물고) 어디 벗겨보세요!

와락 달려들어 옷을 벗기는 두 여감독. 필사적으로 반항하는 문희의 의식에 어지럽게 컷인되는 광석의 이 모습 저 모습.

씬 150 ——— 칸막이 밖

칸막이 밑으로 문희의 옷이 벗겨져 떨어진다.

| 문희 | (고함소리) 차라리 죽여! 차라리 죽이라구! |

씬 151 ── 문희 사무실 밖

단추를 잠그며 미친 듯 달려온 문희. 문을 박차고 들어간
다.

씬 152 ── 동. 안

분회장과 유 총무 둘이 죽어 앉았다가 뛰어드는 문희를
보고 별로 놀라지도 않는다. 책상에 엎드려 통곡하는

| 문희 | 분회에서는 뭘 하는 거예요? 왜 가만 있어요? |
| 분회장 | 증거가 분명한데 항의할 수가 있니? 회사 측에선 무더기로 해고해 버리겠다는 걸 간신히 말렸지! |

그 대신 회사가 안내양들을 믿을 수 있을 때까지 몸수색하는 걸 묵인하기로 한 거야!

문희   아무리 그렇지만 남자까지 끼어 그럴 수 있어요?!

분회장   뭐? 몸수색하는데 남자가 있었단 말야?

유총무   박총물 꺼요!

분회장   그 자식 버릇을 못 고쳤구나! 가자, 그런 자식은 집어넣어 버려야 돼!

분회장과 유 총무 분연히 뛰어나간다.

씬 153 ── 입금실 밖

담배를 피워물고 싱그레 웃으며 나오는 박 총무 앞에 달려온 분회장.

분회장   너, 몸수색 현장에 있었지?

박총무　　　누가 그래?

유 총무가 한 대 먹여버리면 나가 떨어지는 박 총무.

씬 154 ── 달리는 버스 안 (종점 부근)

황혼, 텅 빈 차 안에 건강한 선원 차림의 광석과 문수가 타고 있다. 정다운 듯 바깥 풍경을 둘러보며… 안내양 다가와 손을 내민다. 차비를 주고 나서

광석　　　문희 잘 있지?

안내양　　그 언니 어떻게 아세요?

광석 미소만.

문수　　　우리 영주도 잘 있지?

안내양　　어머! 이 아저씨들 세트로 노시네?!

마주 보고 웃는 광석과 문수.

씬 155 ── 종점

황혼의 햇빛을 받으며 걱정스런 표정으로 높은 곳을 올려다 보고 있는 안내양들의 무리. 정비사의 무리. 운전자의 무리. 회사 중역들의 무리 위에 문희의 뜨거운 호소가 울려온다.

문희   (소리) 회사의 여러 선생님들! 몸수색은 제발 그만 두세요! 하루 종일 지친 몸에 도둑년 취급을 받아야 하고 마지막엔 사랑하는 사람한테도 보이기 부끄러운 알몸까지 보여야 한다니… 우리 안내양들은 인간도 아니고 여자도 아니란 말입니까?! 회사에서 그럴 수밖에 없었던 이유는 잘 알고 있습니다. 그러기 때문에 저는 여기에 서서 우리 ○○시내버스 안내양 백십명을 대신하여 용서를 비는 것입니다!

회사 건물의 높은 꼭대기에 서서 뜨겁게 울부짖고 있는

문희   우리 안내양들을 용서해 주십시오! 그리고 몸수색을 중지해 주십시오! 그리고 안내양 친구 여러분! 제발 우리 더 이상 부끄러운 짓을 하지 맙시다! 가슴이 두근거려 심장병이 생기고 잠을 자도

쫓기는 꿈만 꾸는 생활이 어디 순결한 처녀들의 생활이란 말입니까? 친구 여러분! 푼돈에 욕심이 생길 때는 저를 생각해 주십시오! 부디 부디 저를 생각해 주십시오!

말이 끝나자마자 얼굴을 가리고 뛰어 내리는 문희의 모습(고속촬영)

구경꾼들　　앗!

땅바닥에 놔딩구는 문희에게 몰려간다. 그때 버스가 들어와 멎고 내리는 광석과 문수를 발견하고 미친 듯 기쁜 영주.

영주　　(달려가며) 문수씨!

사람들 틈에 헤집고 달려가 포옹하고

영주　　(광석에게) 문희가… 문희가…

광석 사람을 헤치고 달려가 회사 간부들이 안고 나오는 문희를 빼앗아 안는다.

광석　　(미친 듯) 문희야! 문희야!

유총무   죽진 않았습니다! 병원으로 빨리! 어이 장 기사,
         차 한 대 빨리!

씬 156 ── 버스 안

안내양   병원 앞 내리실 분 앞으로 나와주세요!

         차가 멎고 문이 열리고 손님들이 내리면 목발을 짚고 헬
         쑥한 문희와 가방을 든 광석이 차에 오른다.

광석   어때? 두달 만에 차를 타니?

문희   (기대며) 어지러워요. 햇볕도 눈 부시고!

         문득 광석의 눈에 뜨이는 승강구 옆에 붙은 표어
         = 이문희를 잊지 말자 =

광석   (승강구에 서 있는 차장에게 표어를 가리키며) 이문희가
         누구요?

안내양   ○○시내버스 회사에 이문희라는 안내양이 있었

대요. 그 애를 본받아 나쁜 일 하지 말자는 거래
요!

마주 보고 미소 짓는 광석과 문희.

씬 157 —— 거리

광석   (소리) 그래서, 이젠 나쁜 짓들 안 하나요?

차량의 행렬이 어지러운 도시를 향하여 숨차게 달리는
버스의 뒷모습이 멀어진다.

-끝 -

김승옥 각본

도시로 간 처녀

초판 인쇄 2022년 12월 10일
초판 발행 2022년 12월 15일

지은이 김승옥
펴낸이 김상철
발행처 스타북스
등록번호 제300-2006-00104호
주소 서울시 종로구 종로 19 르메이에르종로타운 B동 920호
전화 02) 735-1312
팩스 02) 735-5501
이메일 starbooks22@naver.com
ISBN 979-11-5795-665-4 03810